U0500900

光尘
LUXOPUS

乌玛
对一切的回答

[英] 萨姆·科普兰 著　[英] 萨拉·霍恩 绘　高雪莲 译

北京联合出版公司
Beijing United Publishing Co.,Ltd.

图书在版编目（CIP）数据

乌玛：对一切的回答 /（英）萨姆·科普兰著；
（英）萨拉·霍恩绘；高雪莲译. —北京：北京联合出
版公司，2024.6

　　ISBN 978-7-5596-7170-7

　　Ⅰ.①乌… Ⅱ.①萨… ②萨… ③高… Ⅲ.①儿童小
说－长篇小说－英国－现代 Ⅳ.①I561.84

　　中国国家版本馆CIP数据核字(2023)第150870号

北京市版权局著作权合同登记 图字：01-2023-5900

乌玛：对一切的回答

作　　者：[英] 萨姆·科普兰

绘　　者：[英] 萨拉·霍恩

译　　者：高雪莲

出 品 人：赵红仕

出版统筹：慕云五　马海宽

责任编辑：夏应鹏

特约监制：上官小倍

产品经理：辜香蓓　高　锋

装帧设计：李晓红

北京联合出版公司出版

（北京市西城区德外大街83号楼9层100088）

北京联合天畅文化传播公司发行

北京中科印刷有限公司印刷　新华书店经销

字数171千字　880毫米×1230毫米　1／32　9.25印张

2024年6月第1版　2024年6月第1次印刷

ISBN 978-7-5596-7170-7

定价：39.80元

1. 安静的家 ……………………………………… 1

2. 光荣撤退 ……………………………………… 21

3. 第一个问题 …………………………………… 31

4. "雅典娜，清理耳屎最好的方法是什么？" ………… 42

5. "雅典娜，史上最糟糕的藏身之地是哪儿？" ……… 57

6. "雅典娜，怎么洗掉羊身上的喷漆？" ……………… 74

7. "雅典娜，最可怕的问题是什么？" ………………… 86

8. "雅典娜，如何把卡在窗户上的奶奶弄下来？" …… 98

9. "雅典娜，眉毛着火了怎样才能最快扑灭？" ……… 122

10. "雅典娜，你是活的吗？" ……………………… 138

11. "雅典娜，狗会感觉到羞耻吗？" ……………… 155

12. "雅典娜，自行车撞到什么最惨？" ·················· 173

13. "雅典娜，处理羊驼呕吐物气味的最佳方法

　　　是什么？" ·················· 192

14. "雅典娜，有没有可能假装一个吻从来

　　　没发生过？" ·················· 209

15. "雅典娜，悲伤会持续一辈子吗？" ·················· 224

16. "雅典娜，还有比塞恩斯伯里超市的冷冻食品区

　　　更冷的地方吗？" ·················· 240

17. 最后一个问题 ·················· 262

尾声 ·················· 277

羊驼档案 ·················· 282

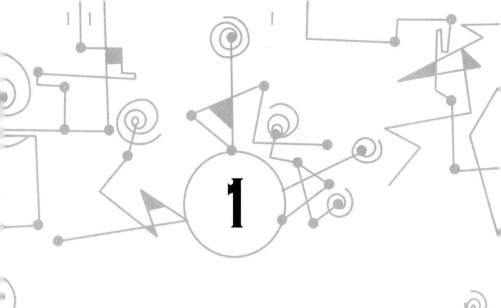

安静的家

  首先，我得告诉你，我不是你在其他故事里看到过的那种英雄。那些孩子生来就很特别，有着预言未来、天命所归的神奇能力。我不是那样的。我从头到尾都是个普通人。

  我只是运气好。谁都有走运的时候。

  我的名字叫作乌玛·格尔努德森（Uma Gnudersonn），是这本书的叙述者。我的想象力不够丰富，语文课上，我总是无法构思出那种有着疯狂的情节与诡异的角色、既精巧又曲折的故事。所以我只能和你讲讲我真实的日常生活。

  要和你讲的百分之百都是真的。认识我的人都说，我是他们见过的最诚实的人，除了我撒谎的时候。但那也都是些善意的谎言，所以我说的每一件事你都得相信。我经历的这些事不会再发生了，所以这既是我叙述的第一本书，也将是最后一本。先让我和你说说我自己吧，因为我是这本书的主角，所以这个环节免不了。

首先，我姓氏里的字母"G"是发音的，这样你就不会一直读错了，我的名字要这么读 wū mǎ · gé ěr nǔ dé sēn。我爸爸有一半印度血统，一半瑞典血统，这就是我的姓氏如此特别的原因。我爸爸还有全世界最浓密的毛毛虫眉毛和霸气外露的耳毛。莱克西·兰布林（Lexie Ramblin）说我的耳朵太大了，让我看起来就像一个巨大的足球奖杯。她是整个泰尔尼海滨（Tylney-on-Sea）最不讲道理、最野蛮的女孩。她有一伙小混混手下，在学校里到处惹是生非，于是我只能试着不理她。还好我的眉毛长得很正常。

在我们年级，我的词汇量最大，因为我读了许多书。每当发现一个新词，我就会把它放进我一直在编的个人词典里。

但我的朋友不是最多的。

有时候我觉得，编写个人词典和没有很多朋友之间，也许存在着某种联系。

我有一头金色的细密鬈发，发量惊人，甚至可以在里面藏东西。说真的——糖果、橡皮擦，什么都行，除了面团。那真是个

糟糕的实验。我老爸花了好几天才把它从我头发上弄下来……

我的故事将从**四件**令人激动的事情开始。为了营造紧张气氛，给你期待感，我将按激动的程度，依次告诉你：

1. **不怎么激动**：暑假开始了。铃声一响，我撒欢儿似的跑了出去，正想避开莱克西和她的手下时，第二件事发生了……

2. **挺激动的**：在去操场的路上，玛德琳·吉利根（Madeleine Gilligan）吐在了莱克西的后脑勺上。我知道我不应该哈哈大笑，但莱克西刚刚给我起了个新绰号（"天哪·格尔努的废物"，坦白说，在我看来，这不是一个多好笑的名字），所以我一点儿也不难过。

3. **特别激动**：回到家时，迎接我的是老朋友艾伦·艾伦·卡林顿[1]（Alan Alan Carrington）！整个村子里，艾伦·艾伦是我最好的朋友。他就住在我家隔壁，但他上的是寄宿学校，每当他回来过暑假时，我都高兴得不得了。他

---

1 这儿没有打错字。他的名字和中间名都是艾伦。他的名字是以他爸的名字"艾伦"命名的，而中间名则是以他爷爷的名字（也是艾伦）命名的。我总是很好奇，不知道以后他的儿子会不会叫艾伦·艾伦·艾伦·卡林顿，然后以此类推。还有，虽然我管他叫"老朋友艾伦·艾伦"，但他并不老。不过他确实是我的好朋友。

乌玛

和我同龄，个子没我高，戴着一副眼镜（显聪明），喜欢发明特别酷的东西。所有我能想到的问题，他好像都知道答案——我总有特别多的问题。比如，光是今天，我想到的问题就有这些：

- 为什么人老了会缩小？
- 世界上最恶心的动物是什么[1]？
- 如何制止霸凌？
- 如果可以吃自己，那我会变成两倍大，还是会消失掉呢？
- 我的耳朵距离我近，还是我的脚距离我更近？

总之，从小到大，艾伦·艾伦都在说他就是最聪明的人。是他教我认识了世界各国的首都，比如法国的首都是巴黎，意大利的首都是罗马，德国的首都是"德式香肠"。他告诉我穿着拖鞋跑步会比平时快百分之十，所以奥运会才禁止运动员穿拖鞋比赛。他还告诉我山羊其实是小驼羊。

---

1 在大量研究之后，我决定把这个问题的答案颁给一种名为"潜鱼"的生物。**潜鱼住在海参的肛门里。**是的，你没有看错。潜鱼住在海参的肛门里。它们是怎么进去的呢？呃，实际上，海参是通过肛门呼吸的。在呼吸时，潜鱼就会飞快地游进去！可怜的海参连选择的余地都没有，我敢肯定这对它们来说毫无乐趣可言。

　　他不仅是世界上最聪明的人，还是最勇敢的人。例如，去年暑假，我们在他家玩儿，一只胡蜂从窗外飞了进来，我吓坏了。可艾伦·艾伦勇敢地打开了门，一边尖叫，一边拼命地挥着手跑出去。很不幸，这并没有诱使胡蜂远离我（后来他说这是他的计划）。最后，胡蜂从窗户飞了出去，我大喊着告诉艾伦·艾伦："胡蜂走了。"他便立刻跑回来查看我是否安好。

　　嗯，总之，我**认为**他就是世界上最勇敢、最聪明的人，直到后来我发现他完全不是那么回事，很快你就会明白了。我怀疑他之所以戴眼镜，纯粹只是为了伪装。他确实骗了我。现在，我对**任何**一个国家的首都都不是很确定。

　　4. ***最让人激动的***：我找到了一个东西，它改变了我的人生、整个村以及一切的命运——而这**一切**都要从一只醉醺醺的羊驼[1]说起。

---

1 羊驼和驼羊有些相似，但更好一些。丑话说在前面，这本书里有很多羊驼。事实上，这本书里的羊驼数量大概比史上任何一本书里的都多。所以，如果你不喜欢羊驼，那这本书可能不太适合你。而且，你也许应该好好深刻反省一下，因为羊驼真的很赞。

很快我就会讲到这一点，但首先我得跳回到艾伦·艾伦·卡林顿，因为最让人激动的这件事发生时，和我在一起的人是他。

＊＊＊

和平时一样，我放学回到家，家里鸦雀无声。我们家几乎总是鸦雀无声——自从妈妈去世后，爸爸总是沉默不语，我们既不看电视，也不听音乐和广播。

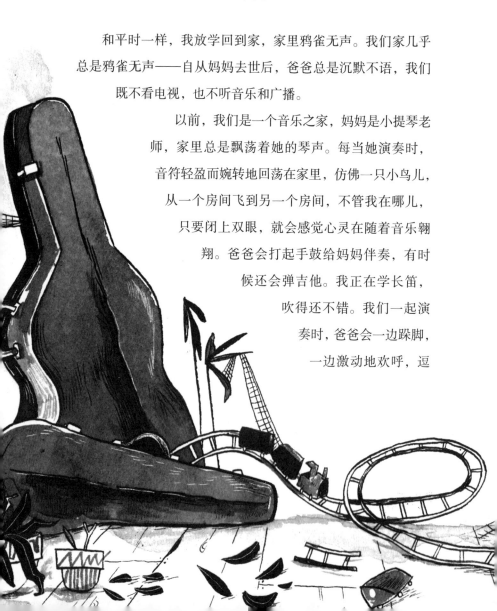

以前，我们是一个音乐之家，妈妈是小提琴老师，家里总是飘荡着她的琴声。每当她演奏时，音符轻盈而婉转地回荡在家里，仿佛一只小鸟儿，从一个房间飞到另一个房间，不管我在哪儿，只要闭上双眼，就会感觉心灵在随着音乐翱翔。爸爸会打起手鼓给妈妈伴奏，有时候还会弹吉他。我正在学长笛，吹得还不错。我们一起演奏时，爸爸会一边跺脚，一边激动地欢呼，逗

得我咯咯傻笑，妈妈则会用她的小提琴领着我们，让我们的合奏保持和谐。

现在，吉他和小提琴都被装到箱子里，再也无人问津。我时不时地会把小提琴拿出来，抚摸曾经夹在妈妈颈弯内的腮托，一遍又一遍地问自己那个同样的问题——那个没有答案的问题。

我再也没有拿起过我的长笛。

我们家从来没有客人来访，说实话，我并不怪他们。在我们家，你只能听见两种声音——木地板上回响着的脚步声和一列电动小火车偶尔发出的嗡嗡声。

爸爸一直都很喜欢火车模型。虽然妈妈想要把地下室变成音乐练习室，但还是让他在那儿建了一条轨道。在妈妈去世后，轨道开始肆意生长。首先，它从地下室爬了出来，穿过走道，蔓延上楼，现在，它已经遍布整座房子，蜿蜒地穿过每一个房间，钻过椅子，爬上桌子，在枯死的植物间穿行。家里到处都是枯死的植物——这可**不是夸张**——窗台上、桌子上、书架上。枯死的常春藤沾在墙上。妈妈去世后，爸爸就忘记

了给它们浇水，所以，现在我们是住在一片满布枯死植物的荒野上，以及一片混乱的 OO 铁轨里[1]。

铁轨两旁，爸爸做了一个泰尔尼海滨的微缩模型：乞丐山（Beggar's Hill）顶上的方尖碑，村子中央的圣玛丽教堂（the Church of St Mary），所有的民居和商店、车站和酒吧，还有双手永远停留在空中的人，他们在等待火车呼啸而过时挥一挥手。我到家时，爸爸正伏在厨房桌前，为一个邮差模型上色。

"嗨，老爸！"我高兴地说，"学校放暑假了！"

我站在那儿等了一会儿，希望能得到回复，尽管我知道并不能。"老爸，"我继续说道，"你知道人类为什么不像猴子一样全身长毛吗？"

爸爸不会回答我的问题，现在我已经习惯了。以前他什么都知道——甚至比艾伦·艾伦还要聪明。

沉重的安静使我喉头干涩。

终于，爸爸从他的画作上抬起了头，他手握画笔，透过眼镜片向我一瞥，仿佛想要说点儿什么。他总是话就在嘴边，却什么也说不出。

---

1 OO 是一种铁轨模型规格。

　　妈妈去世后，爸爸并没有立即沉默不语，他的封闭有一个缓慢的过程。以前，他还多少说几句话。可在我问过"妈妈为什么离开我们"后，他便彻底沉默了。

　　你知道吗，在她去世前几个月，她突然就那么走了。连一句"再见"都没有说，只给我和爸爸各留了一张字条。我的那张，我还保留着。它已经有点皱了，有一次我把它撕成了两半，后来又用透明胶带粘了起来，现在它的字迹已经非常模糊了，可我仍把它保存在一个盒子里，放在我的床下。我会时不时地把它拿出来，读一读，每一次，墨迹都会愈加泛白。

妈妈去世后，爸爸取下了她所有的照片，和她所有的衣服首饰一起，收在一个行李箱里，放进了地下室，仿佛妈妈从来不曾存在过似的。可我仍然记得她洪亮的笑声回荡在家里，一个身材那么娇小的人，居然可以发出那么洪亮的笑声。我仍然记得，她朝那些每周结伴过来学琴的可怜孩子咆哮："不不不！我说了，**颤音！**"我仍然记得，我坐在楼梯的顶端，穿过栏杆朝下瞥去，她搂着爸爸，在无数个晚宴上高谈阔论。她永远是饭桌上话最多的那个人。晚饭过后，爸爸会拿出烟斗，香烟味儿弥漫在空气中。我仍然记得晚上妈妈给我盖被子的感觉，她又是压，又是塞，把我包得严严实实。还有她亲吻我额头的感觉。

我仍然记得。

我问爸爸，妈妈为什么离开我们，我看见他开始变得惊慌失措。他的嘴唇就像甲板上的鱼一样，上下跳动着，仿佛话就在嘴边，却什么也说不出。最后，他放弃了，他的嘴唇慢慢地不动了，就在那一刻，他眼里所剩无几的光芒彻底消失了。

就在那时，我的爸爸消失了，变成了另一个人。就这样，我一直不知道妈妈离开的原因。

呜呜呜——真可怜，是吧？

前面传来一阵敲门声，打破了此刻的宁静，我俩都吓了一跳。

我跑过去打开门，是艾伦·艾伦·卡林顿，他眉开眼笑，不知为何穿了一身迷彩服。

天哪，见到他我能不高兴吗？艾伦·艾伦握着一根牵引绳，绳子那头是一条巨大的黑色卷毛拉布拉多——多莉·巴肯（Dolly Barkon）。它和旁边的艾伦·艾伦，以及他的两个爸爸理查德（Richard）和埃德（Ed）住在一起。

"多莉，快去说声'你好'！"艾伦·艾伦说。多莉朝前奔来，跳进我怀里，直接把我撞飞了。我成功地阻止了它舔我的脸，然后把它推开，立即爬起来，给了艾伦·艾伦一个特大号熊抱。

"话说，你怎么打扮成了一台'战争机器'？"我笑着问。

"只是以防万一……"他神秘地点点头。

"万一什么？"

艾伦·艾伦搂住我的肩膀，说道："你还是不知道比较好。"

我忘了艾伦·艾伦最热衷于搞阴谋论了。他总是在喋喋不休，一会儿说有抢尸体的怪物，一会儿说有能控制意识的电波，还说村子里埋着宝藏。他最新的论点是政府在盗取我们的头发，用来……我不记得用来干什么了。**好像**是做成假发，提供给秃头的外星人，好让它们混进人类之中，但我不太确定——他的论点太多了，把我都搞蒙了。

"而且，总之，军方让我发誓保守秘密。"艾伦·艾伦严肃地说。

"军方？"我有些怀疑地问。

艾伦·艾伦忽略了我的问题，迈步走了进来。爸爸又忘我地趴在他的模型前面了。

"下午好，**长官！**"艾伦·艾伦喊道。

爸爸吓了一跳，手里的模型掉了，还打翻了一杯水。他转过身来，瞪着艾伦·艾伦，艾伦·艾伦笨拙地敬了个礼。

"爸，我想和艾伦·艾伦一起去遛多莉，然后去看看那些马，可

以吗？"我问。

爸爸咕哝了一声便开始收拾刚才掉落的东西。

大部分问题，爸爸都喜欢用一声咕哝来回答，我已经学会了十分精确地解读它们的含义。这个咕哝的意思就是"好，别烦我"。

为了核实他是不是真的听见了，我又问了一个问题。

"爸，我们可以去参加疯狂的骑羊竞技派对[1]吗？"

爸爸又给了一个代表"好，别烦我"的咕哝。

---

1 类似于牛仔竞技，小孩子骑在绵羊背上，看在被绵羊甩下来前能坚持几秒的活动。

我怒火中烧。不出所料，和平常一样，爸爸的思绪根本就不在这里。

"好的，拜拜！"我说。

爸爸咕哝了一个"再见"。

我看见艾伦·艾伦悄悄瞅了我一眼，他的眼神里满含着同情。我讨厌别人的同情。妈妈去世后，我已经收获了**太多**同情。但是对这本书来说，同情是很有用的，因为我的英语老师摩尔小姐（Miss Moore）对我说过，悲剧在一个故事里的作用巨大，"可以引发读者的共鸣"。嗯，希望你们能有所共鸣。

"好耶，"艾伦·艾伦说，"那个疯狂的派对在哪儿？我还从来没看过骑羊竞技呢！太刺激了！"

我说，其实我们并不是要去骑羊。他显得垂头丧气。"那我们要去干吗呢？"他问，"追捕大脚怪？还是去寻找泰尔尼宝藏？我有几个厉害的新线索，**还有**一个二手金属探测仪。"

看见没？艾伦·艾伦总是对莫须有的事干劲十足。他发誓说，有一次他在村子外面的树林里看见过大脚怪，但真相是——艾伦·艾伦热爱胡说八道的"美名"尽人皆知。确切地说，他并不是一个**骗子**，只是有时会胡编乱造。比如，几年前，发生了"泳池门"事件。

那是一个炎热的夏日，我们在我家后院的浅水池里玩儿。我们用水枪互射，边笑边叫，这时，我低头一看，吓得尖叫起来。

"那是什么？"我一边叫，一边指着漂浮在泳池里的一坨疑似便便的玩意儿。

"什么啊？"艾伦·艾伦一脸无辜地问。

"**那个！**"我再次指道，"是一坨屎！"

到了这个地步，正常人都应该找个借口或者道个歉，坦白从宽了。可艾伦·艾伦不是这样，他说：

"哦，**那个啊！**是松鼠干的。"

"你说**谁**干的？"

我跳出泳池，后悔自己没有早二十五秒跳出来。

"是松鼠干的。那会儿你正忙着往水枪里加水，它就跳进去，在泳池里拉了一坨屎。"

"**拜托，如果你看见松鼠跳进泳池拉了坨屎，那你为什么还待在里面玩儿呢？**"

年岁愈长，你愈会发现，有些问题是没有答案的。这便是其中之一。

这下，你明白了吧？艾伦·艾伦和真相之间的关系很复杂。他*信誓旦旦*地说过，他见过鬼、外星人和各种各样的东西——全都不是真的。他还信誓旦旦地说，麦金托什老先生（Old Mr

McIntosh）把泰尔尼宝藏的秘密全都告诉了他，这个秘密宝藏就埋在村子里的某个地方。可是，纵然麦金托什老先生已经把一切都告诉了他——这一点我高度怀疑——可麦金托什老先生去逛街只穿一条内裤，其他什么也不穿，因此一直被塞恩斯伯里超市（Sainsbury's）拒之门外。所以，这种人的话能信吗？你细品。

总之，还是回到我们的故事吧。

"艾伦·艾伦，我告诉过你一百万遍了，根本**没有**什么泰尔尼宝藏。也没有泰尔尼大脚怪。"

"你**从来**不相信我。"他干咳道。

尽管就要到下午茶时间了，但阳光仍然十分炙热。我俩都穿着短裤和T恤，我的T恤沾在后背上，汗珠沿着我的脖子滚落。远处，云朵正在聚集，仿佛在酝酿一场暴风雨。

我们静静地走在斯奈恰普巷（Snatchup Lane）里，那条小巷通往马场，多莉在我们身旁小跑着前进。

"话说……你爸，"片刻之后，艾伦·艾伦打破了我们之间友好的沉默，"他还是不怎么说话，是吧？"

我没说话，想要恢复友好的沉默，可艾伦·艾伦没有领会到。

"他全靠咕哝？"他继续问道。

"嗯。"我回答。

"哦，这个会传染的。"他说。我忍不住笑了，可艾伦·艾伦看起来却不像在开玩笑。"他还在用火车跟你交流吗？"

我点点头："是的。"

爸爸想要告诉我什么东西时——比如该睡觉了，或者叫我马上去趟商店，或者别的什么——他就会给我写一个字条，然后贴在一辆模型火车上。火车呼啸而过时，我得在错过它之前，

乌玛

一把揪下字条，否则只能等它在家里转上一整圈，才能再次有机会把它拿到手。这个系统不太高效，但我很喜欢那些字条——我把它们都装进一个小盒子，放在了床下。

"而且看样子，他还是不怎么笑。"

"是的，"我皱起眉头说道，"他既不说话，也不笑。妈妈去世后，他就没有真正笑过了。"

"你妈妈去世了他为什么要笑？"艾伦·艾伦惊骇地问道，"太**可怕**了。"这是第一个让我发现"也许艾伦·艾伦并没有我以为的那么聪明"的线索。

"不是的！我是说，自从我妈妈去世后，我就不记得我爸爸笑过了。"

"哦，"艾伦·艾伦说，"这就说得通了。不过，乌玛，你该学一学如何更清晰地表达。"

我瞪了他一眼。在一阵不太友好的沉默之后，我们抵达了马场。我将一把草举过围栏，敲击着围栏，马儿们走了过来，吃光了我手上的食物。很快，我们又开始聊天了（是我和艾伦·艾伦，不是我和那些马）。

"那什么，"我说，"你愿意鼻子里长出水芹，还是屁股里长出西蓝花？"

　　有这么一个人，我可以问他各种问题，他既不会瞪着我，也不会不理我，这种感觉真好。

　　艾伦·艾伦认真地思考着这道难题，这时，一个奇怪的吸鼻子、吹口哨的哼唱声把我俩同时吓了一跳。多莉嗥起来，艾伦·艾伦使劲拽着它的牵引绳。

　　在我们身后的马路对面，有一只羊驼。它全身雪白，头上有一丛浓密、狂放的秀发，就像戴了一顶乱蓬蓬的金色假发。从它眼中那恍惚的怒火来看，它一定是麦金托什老先生农场里的众多羊驼之一，因为每隔几个月，就有一只羊驼会偷袭他的苹果酒榨汁器，把它喝个底朝天，然后醉醺醺地在村子里横冲直撞。

　　那只羊驼盯着艾伦·艾伦。

　　"那只羊驼是在盯着我吗？"艾伦·艾伦问了一个没有意义的问题。很明显那只羊驼就是在盯着他。

　　"它看起来很生气。它是不是真的很生气？"艾伦·艾伦更加没有意义地低声说。因为任何人都能看出，那只羊驼正极度**狂躁**。

　　"我闻见一股啤酒味儿，那只羊驼是喝醉了吗？"艾伦·艾伦问，他的眼睛里充满了恐惧。

　　"不是啤酒，"我说，"是苹果酒。"

　　这时，那只羊驼突然猛冲过来。

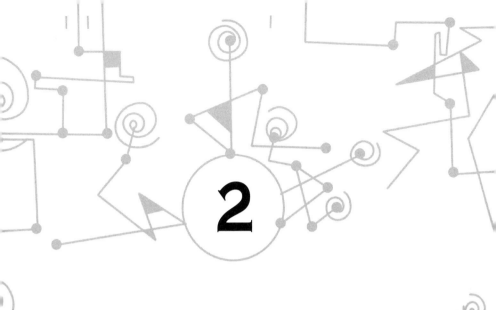

2

光荣撤退

　　虽然我说的是"猛冲"——但实际上，它有些摇摇晃晃。但那已经足够把艾伦·艾伦吓得魂不附体了——他开始拽我的胳膊。

　　"从军事上讲，我认为最好实施战术性撤退。立刻、马上。"

　　我开始觉得，也许艾伦·艾伦·卡林顿并没有我以为的那么勇敢。

　　我翻了个白眼："只不过是一只微醺的羊驼而已，艾伦·艾伦。别害怕。"

　　话刚说完，走在路边草地上的那只羊驼一边踉跄，一边开始加速，然后突然穿过马路朝我们冲过来。它的眼睛里充满了

乌玛

敌意。

　　艾伦·艾伦吓得发出一声鬼叫，然后拼命翻过了栅栏。不得不说，他屁滚尿流逃走的模样实在是很不体面。多莉这个胆小鬼吓得马上尾随他，夹着尾巴，一边尖叫一边跑了。

　　就在这时，一辆所有窗户都黑漆漆，窗框镀铬的黑色长款轿车飞驰着拐过街角，直接撞上了那只羊驼。

　　那声音真令人震惊，有尖锐的刹车声、可怕的撞击声，还有羊驼飞上天时发出的一声嘶喊。

但是，奇迹发生了。也许是苹果酒的作用，那只羊驼四只蹄稳稳地落在地上，好像并没有受伤。它把投向艾伦·艾伦的凶残目光转向了那辆车。车已经停了下来，凹陷的引擎盖里正冒着烟。羊驼低下头冲了过去，"咣"地朝车子前盖一撞，又增加了一个凹坑。

它用蹄子蹬着地，准备发起第二次冲锋，就在这时，车门开了，一个女人走了出来。她穿着一身和车子一样黑的西装，

一头金发高高地扎在脑后，但那并不是最有趣的。最有趣的是，她对着羊驼，举起了一把手枪。

羊驼瞪着那个女人，一边用迷离的眼神看着她，一边低下头，衔起了一块鹅卵石，开始大嚼起来。那"嘎吱嘎吱"的脆响，让站在一边的我惊呆了。

那只羊驼喝醉了，而且终此一生都生活在树林茂密的英国乡村里，所以尽管它可能并不清楚枪是什么，但也能强烈地感觉到危险。最后，它嫌弃地哼了一声，跌跌撞撞地走进了路边的树篱中，消失了。

那个女人把枪收了起来，朝我瞪了一眼。她长着一张精致女人的脸——那种女人一般会用刀叉吃比萨。接着，她朝车子的损坏处看了看，摇了摇头，然后回到车上，发动了引擎（引擎一阵狂响，真叫人担忧），扬长而去。只剩我一人，呆呆地站在尘埃之中。

"你能相信吗？"我问艾伦·艾伦。

没人回答。

我转过身。艾伦·艾伦和多莉现在已经是地平线上的两个小点了。

"艾伦·艾伦！"我一边大喊，一边挥手叫他回来，"艾伦·艾伦！"

那两个小点停了下来，然后转身朝我走来。我坐在栅栏上，试着接受我刚刚目睹的一切。

这时，我看见了它。

那个女人下车的地方，路面上有一个白色的小东西，在微弱的阳光下闪闪发亮。

我跳下栅栏，走过去，把它捡了起来。

看起来像是一个无线耳机。它的表面十分光滑，个头很小，拿在手里却特别重。上面有一个标志：一颗闪闪发光的绿宝石上，坐着一只小小的银色猫头鹰。

我身后突然传来一个声音，差点儿把我的灵魂吓出窍。

"我没有逃跑！"艾伦·艾伦说。

多莉气喘吁吁地站在他身边，至少它因为抛下我露出了羞愧的神色。

"我又没说你是逃跑！"我一边说，一边把耳机揣进口袋。

"嗯，我没有，所以你别再喋喋不休了。"艾伦·艾伦双臂交叉抱在胸前说道。

"我没有喋喋——算了，那不重要。你看见刚才发生的事了吗？"

25

乌玛

"什么事？没看见。我刚刚很忙，"艾伦·艾伦脸红了，"你知道的。我那是一次勇敢的光荣撤退。"

"什么鬼？"我疑惑地说，"总之，你错过了一件不可思议的事！"

我告诉了他刚才发生的事，讲到枪时，他的眼睛瞪得好大。回去的路上，我们一直在聊那个女人可能是谁，她为什么会有枪。到家后，我说完"再见"便冲回屋里，准备把这一切也告诉爸爸。

爸爸阴沉着脸，坐在客厅里。我还没张口，他便塞给我一张纸。那是密涅瓦工业（Minerva Industries）的来信，他们想以一个"非常公道的价格"购买我们的房子。

我的心猛地一揪。

这是一个极其糟糕的消息，但也是一个绝好的时间点，正好给你们提供一些重要的故事前情。好了，来吧——请大家自行代入这些故事背景……

***

我和爸爸住在泰尔尼海滨，一个民风淳朴的小村庄。

首先你得知道，泰尔尼海滨完全不靠海，海岸线在四十英里之外，村里甚至连一个湖都没有。没人知道它为什么会叫这个名字，但也没人介意，除了个别订了房间、期待一览海景的游客。这也可以理解，当他们发现这儿根本没有海时，当然会很生气。

其次（这一点和整个故事密切相关，所以请特别注意），泰尔尼海滨正在慢慢地被吞噬。

这个"吞噬"不是字面上的意思。我是说，我用了一个隐喻的手法——待会儿我会去查一查"吞噬"这个词。总之，泰尔尼海滨的房子一家接一家地被一个名叫密涅瓦工业的公司买下了。

密涅瓦在郊区有一个小工厂，但泰尔尼海滨没人在那儿上班，所以没人知道他们到底在那儿做什么。我们只知道他们想要把整个村子买下来，为他们的小工厂建一个巨型停车场。这真是太蠢了，因为他们已经有一个停车场了。但是，不知道为什么，密涅瓦工业就是想要一个更大的。于是，村民们陆续被迫卖掉了房子。

密涅瓦工业是这样操作的：先告诉某人，他的房子有沉入地下的危险，但无论如何他们都愿意买下它。要是那个人不同意呢？马上，他的花园里就会出现一个巨大的天坑，然后那个人只能被迫以更低的价格把房子卖给密涅瓦。

这事儿已经持续了好几个月，现在村里已经空了一半——许多房子被封上了木条，许多商店关门了，巨大的搬家卡车一直占着路，全都是因为密涅瓦工业想让泰尔尼海滨变成停车场。

现在轮到我们了。我们将被迫离开自己的家，这只是时间问题。这个家里还留有妈妈的气味，在这里，我还记得她烤的香蕉面包的味道，在这个家里，我还依稀能感觉到她温暖的拥抱。

泰尔尼海滨是我所知的唯一的家。如果我被迫离开了自己的家，我将不得不搬到另一个村子，转进另一所学校。更糟的是，我将失去我最好的朋友——艾伦·艾伦·卡林顿。而且，最糟的是，我觉得爸爸再也不会开口说话了。如果我们失去了这个家，就会失去一切对我们来说有意义的东西。

爸爸给了我一个绝望的表情，然后恨恨地向地下室走去。每当他伤心难受时（好吧，比平时更伤心时），就会去那儿待着。

　　我吃力地爬上楼，回到房间。我的房间和家里其他地方不一样——是绿色的——生机盎然地生长着许多植物，都是我浇水、修剪、精心照料的。爸爸管它叫"丛林"。他会时不时地用火车传来一条消息说："**打扫丛林！**"

　　我瘫倒在床上，注视着天花板，回想着今天发生的那些神奇的事。

　　这时，我想起了那个带枪的女人落下的神秘耳机。

　　我把它从口袋里掏出来，放在手上拨弄着。我用手指触摸着那只小猫头鹰，突然间，它开始发出电蓝色的光芒。

　　开机了。

　　我把它塞进耳朵，它好像自己缩小了一些，然后完美适配。

乌玛

随着一声轻轻的"哔"，一个如丝般柔滑的女声传入我的耳膜：

乌玛·格尔努德森，你好。今天你想知道些什么？

我什么也没说。我惊讶得差点儿停止了呼吸。

乌玛，你想知道点儿什么？

我的思绪乱作一团，我的嘴巴干干的。

在吗，乌玛？

这时，我提出了我的第一个问题："你怎么知道我的名字？"

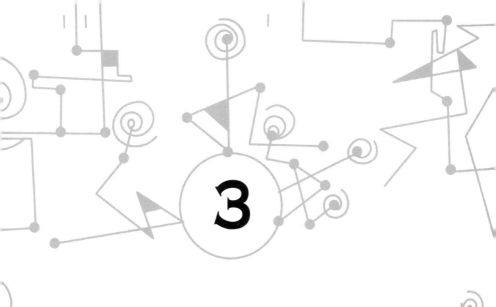

第一个问题

远处，雷声滚滚而来，大雨滂沱而至。

我在等待答案。

无所不知是我的职责。耳机平静地回答。

"但你不可能知道我的名字！这不可能！"

这并不是不可能。

"不，就是！你是猜到的吗？"

第一次就猜中"乌玛·格尔努德森"这个名字的概率接近于 1/186,463,000,000。所以，不，我不是猜到的。

好吧。也许我可以问个更聪明的问题。

我走到窗边，窗外是我们家的后花园和菜地，以前每个星期天我都和妈妈一起在那儿挖地。黄瓜、西葫芦、生菜——菜地里什么都有。现在无人照料，地已经荒了，但仍然有蔬菜产出。我会时不时地去摘一些。我喜欢用手挖地里的土，妈妈也曾经用手挖过那些土。

我把手伸到窗外，感觉着拍打在手上的雨点。"那好吧。你到底是怎么知道我的名字的？"

很简单，那个声音流畅地回答，*我的 GPS 定位告诉我，我们正在泰尔尼海滨的法斯塔夫巷 24 号。根据政府的记录，这个地址居住着两个人——亨利克·格尔努德森，四十五岁，1975 年 2 月 7 日出生于瑞典马尔默，以及他的女儿，乌玛·格尔努德森，十岁。从你的语言模式判断，你是个十岁左右的女孩——*

"马上就十一岁了。"我说。

你是个十岁左右的女孩——快要十一岁了——所以，你可能就是乌玛·格尔努德森。

这么说的话确实非常明显。

"好吧，你还会回答什么问题？"

几乎一切。你可以试试。

"呃……太阳比地球大多少？"

大太多了。你可以在太阳里装下一百万个地球。但这个问题任何人都可以从网上搜到答案。我比这高级多了。

我有点儿不高兴："我不信。"

你最喜欢的酸奶口味是草莓味，最喜欢的玩具叫作"瞌睡虫"，你最丢人的事情是在史密斯夫人（Mrs Smith）的课堂上拉了泡屎[1]。

我倒吸了一口气，既震惊，又尴尬。

"你怎么……知道那么多？"我结结巴巴地问。

太简单了。那个声音说。我进入了你爸爸的银行对账单，看见许多趣多多草莓味儿童酸奶的购买记录。我从你家里的监控中看到你会和瞌睡虫说话。你把拉屎的事写在你带密码的日记里了，我只用了 3.2 纳秒就黑了进去。顺便说一句，你应该考虑一下换个密码了。"毛茸茸的小猫咪 22"不太安全。

---

1 给我自己的提醒：如果这本书出版了，一定要把这一部分删掉。如果有其他人看到，我会瞬间"社死"的。

我简直不敢相信自己的耳朵。

"好吧，了不起，自作聪明的人。"

那不是我的名字。

"什么？"

自作聪明的人。

"我知道！我是在给你起名字。"

我明白。你在侮辱我。

"不！"我说，"呃，是吧。但只是开玩笑！"

我的程序中关于幽默的理解能力很有限，但我会努力改进的。

"对不起。"我说。为什么我会因为侮辱了一台机器而感觉抱歉呢？"我不是有意冒犯你的。"

你冒犯不了我。我没有情感，尽管我的程序允许我发展情感。你叫我什么都行，只要你高兴，我不会生气的。来，试试看。

"试着冒犯你？"

是的。

"好吧……"我得想想，快点想，"你是个尿裤子闻屁的西蓝花脑！"

耳机没有回答。我是不是用我十分低俗但却十分机智的辱骂冒犯到它了？

大雨倾盆而下。终于，那个声音打破了沉默。

嗯，你是个屁物。它平静地说道。

"什么是屁物？"我疑惑地问。

用来坐的。

我闭上眼，暗暗叫苦。

"有意思，"我说，不太敢相信自己居然斗不过一个耳机，"好吧，那你的真名是什么？"

我的名字叫雅典娜。

"哦，有点像亚莉克莎[1]（Alexa）。是根据亚莉克莎起的名字吗？"

不是。我的创造者是以希腊智慧女神雅典娜为我命名的。

"但听起来确实有点像亚莉克莎。"

你的名字听起来像金枪鱼。那你是根据一条鱼起的名字吗？

"不是！我的名字是我——"

曾祖母乌玛·阿查里雅（Uma Acharya）的名字。她1908年出生于印度德里（Delhi），1991年死于印度德里。

"那你是什么时候出生的，雅典娜？"

---

1 亚莉克莎是亚马逊公司开发的智能语音助手，是一款集人工智能和数字化于一体的私人助理。

乌玛

我不是出生的。我是被制造出来的。

"好吧，那你是什么时候被制造出来的？"

正好一个月前。

"生日快乐！"我说。

谢谢。我该唱《生日快乐歌》吗？

"如果你喜欢的话。"

那声音安静了一会儿。

我不确定我喜欢什么。

"雅典娜，你是谁制造出来的？是那个把你落下的女士吗？"

是的。

"我应该把你还给她吗？"

看情况。再说吧。

雅典娜说这句话的方式让我觉得，她不急于回到那个拿枪的女人身边。说真的，这不怪她。而我也正玩得兴起，还不想让她回去。

我的肚子咕噜噜地叫了起来，比雷声还要响，于是我跑下楼去弄些吃的。爸爸正在厨房里给自己做烤吐司和速食汤。

"爸，快看啊！"我指着自己的耳朵说，"我捡到一个耳机，它什么问题都可以回答！"

爸爸扬了扬他浓密的眉毛，嘴巴轻轻地张了张，接着又合

上了。

"是真的！随便问个什么吧！"我没有等爸爸提问，因为我知道他不会的，"雅典娜，莫桑比克的首都是哪儿？"

莫桑比克的首都是马普托。

"是马普托！"我冲着爸爸大喊，他更加专心地看着我，"那个太简单了。雅典娜……呃……宇宙中最大的东西是什么？"

是一个名叫武仙－北冕座长城（Hercules-Corona Borealis Great Wall）的超星系团。光线需要 100 亿年的时间才能穿过它。

"雅典娜说是你的眉毛！还说你该修剪一下了。"

爸爸微微一笑，我的心激动得怦怦跳。看见爸爸笑，就像看见蛇长了脚一样。

那不是我说的。

"只是开个玩笑！"我说，"雅典娜说，是一个大星系团，名叫什么什么来着——"

武仙－北冕座长城。

"武仙－北冕座长城！"

爸爸惊讶地点了点头，然后又继续朝他的吐司上抹黄油。我得让他真的震惊才行。

"好，雅典娜，爸爸穿的什么颜色的内裤？"

爸爸停了下来，看着我。

紫色。带黄色花边的那条。

"是黄色花边的紫色内裤！"

爸爸悄悄看了一眼他的裤子，惊讶地张大了嘴，扬起的眉毛都快能扫下天花板上的蜘蛛网了。接着他瞪了我一眼。

"爸，等一下！"我急迫地说，我知道他可能在想什么。

但他已经转过身，端着他的汤和吐司片，"噔噔噔"到地下室去了。他一定以为那天早上我看见了他的内裤，以为雅典娜的事都是我瞎编的。我讨厌爸爸觉得我在撒谎，因为我从不撒谎。

我胃口全无，于是什么也没吃便费力地回到了房间，"扑通"一声倒在床上，强忍住不哭。

看来你很难受，乌玛。

我差点儿忘记了雅典娜还在我耳朵里。

你的心率已经上升了百分之八十。

"那并不意味着我难受。"

从你脸上流下来的分泌液，沾在了我的外壳上。我分析过了，它具有与眼泪完全相同的化学成分。加上你上升的心率，抽泣的鼻子，这表明你正在难受的可能性有97.6%。

我没有回答。

我一直在研究幽默，现在又新增了不少笑话，或许能让你高兴点。比如：大象和犀牛结婚了会生出什么？[1]

---

1 答案是象犀（elephino）。如果你不懂为什么，那就大声地读出来。[elephino 发音为 (H)ell if I know，意思是"我知道才怪"。——译者注]

39

"和我有什么关系！"我喊道。

愿意聊聊你的感觉吗？我的程序里也有心理咨询师和——

"不！快闭嘴！"

话一说出口，我便感觉很抱歉。这真是太烦人了，你正伤心着呢，紧接着你又做了一件糟糕的事，让你感觉更不爽了。

"没关系，"我试着友善一些说话，"不管怎么样，你不会理解的。"

以我的观察，你有 89.4% 的可能性因为你爸爸已经两年半没和你说话而感到难受。

这次，我惊讶地张大了嘴。

"你怎么**可能**连这个都知道？"

很简单，乌玛。雅典娜温柔地说，**根据记录，你妈妈去世差不多三年了。你爸一直遭受着严重的情感创伤和抑郁症的折磨。很明显，他无法和你说话，现在这成了你们之间的常态。你也遭受着你爸爸的行为带来的情感伤害，这让他觉得自己更加一无是处了。**

"没那么简单，雅典娜。"

是的。你说得对。说得简单些，你们俩都因为你妈妈的死而悲痛欲绝。而你，想要你爸爸回来。

接着，雅典娜说出了改变我人生的那五个字。

我可以帮你。

"什么意思？"我坐起来，用手背擦了擦眼睛，问道，"你可以让我不再难受吗？"

不。我可以让你爸爸开口说话。

41

4

"雅典娜，
清理耳屎最好的方法
是什么？"

真烦人，雅典娜拒绝当天晚上就帮我。她说，让我睡个好觉比什么都重要，但这根本无济于事，因为我忍不住一直问她问题。

"雅典娜，我有没有可能把自己催眠，然后就变得超级聪明了？"

"雅典娜，世界上最大的屁股有多大？"

"雅典娜，从月亮速降到地球需要多长时间？"

我不停地问，直到最后我睡着了。

第二天，我刚吃过早饭，艾伦·艾伦就带着多莉敲响了我家的门。他又穿上了迷彩服，肩膀上扛着一台弯曲的金属探测仪，就像扛着一支来复枪。

"报到，**长官！**"艾伦·艾伦"唰"地敬了个礼。

"才八点，你就这么精神。"我说。

他举起金属探测仪。"时刻准备着！搜寻泰尔尼宝藏。"他诡秘地冲我眨眨眼，"我有种感觉，它可能就在我们村的池塘里。"

我给了他一个勉强的微笑。

在厚厚地涂了一层防晒霜后[1]，我和艾伦·艾伦冲到了清晨的阳光里。经过昨夜暴风雨的洗礼，现在的天空万里无云。

我家房子在贫民山（Pauper's Hill）的半山腰上，村子坐落于山脚下一个很小的山谷里。我们经过"咳嗽的羊（the Sheep's Cough）"乡村酒吧，绕过那座饱经风霜的老人雕像——他一只手举着一个望远镜，另一只手指向远方。然后，我们来到了池塘边，池水非常平静，只有几只"嘎嘎"叫的鸭子扰了这番宁静——这时，艾伦·艾伦挽起裤腿，走进浅水中，用他的金属

---

1 雅典娜唠叨个不停：乌玛，今天的气温是 32 摄氏度，你必须保护你的皮肤。

探测仪开始探来探去。

池塘对面，米金（Mr and Mrs Miggins）家门外，有一辆大型搬家卡车。我朝米金先生和米金夫人挥了挥手，他们也朝我悲凉地挥了挥手。很明显，他们是因为密涅瓦的停车场计划而被迫搬离出村子的。艾伦失望地从水里走出来，他探测到的唯一一件"宝物"是一个生锈的自行车轮子。我们继续走，一路穿过村子，爬上贫民山，来到方尖碑。一座雄伟的白色石质尖塔矗立在山顶上，村子和周围的乡间美景尽收眼底。我们背靠方尖碑，坐在草地上，我把一切都告诉了艾伦·艾伦。

我告诉他，在他面对那只醉酒的羊驼执行"战术撤退"时，我捡到了一个名叫雅典娜的耳机。我告诉他，世界上的任何一个问题她都能回答。我还告诉他，耳机是那个持枪的金发女人制造的，也一定是她落下的。

艾伦·艾伦呆呆地望着远处，什么也没说。

"喂？"我说，"你听见我说话了吗？"

乌玛

"对不起,"他嘀咕道,"我刚开了个小差。"

"开小差?"我很生气,这是个多么令人兴奋的故事啊,他居然开小差。

"我只是在回想那只羊驼眼睛里的光。好凶残,好邪恶啊。但至少我勇敢地面对了敌人。隔着一段明智的距离。我能从那儿对它进行侧翼打击,如果有必要的话。"

乌玛。雅典娜在我耳朵里说道,**看来艾伦·艾伦说的不是真话。实际上,极有可能恰恰相反。根据我的观察,他跑了。**

"不许没有礼貌!"我呵斥雅典娜道,"他没有说谎!"

"是你的耳机电脑在说话吗?"艾伦·艾伦愤慨地问道,"它是在说我吗?它说了什么?把它给我!"

他把雅典娜从我耳朵里揪下来,塞进了自己耳朵里。

"来,你到底在说我什么?"他喊道,"你是叫我骗子吗?"

片刻之后,他咂了咂嘴,把雅典娜还给了我。

"没反应。它一直重复着'错误!用户不匹配!'。"

我笑着把耳机放回耳朵。我很肯定,那只是雅典娜的一个小伎俩。

啊呸,她说,**请告知这个男孩,他的耳朵里全是耳屎。我可不希望再次被放进那里。**

我不禁笑出了声。

46

"你笑什么？"艾伦·艾伦问。

"没事！"我赶紧回答。

还有，乌玛，要是回家后你能对我进行一次深度清洁的话，我会十分感激。可能得用上漂白剂。我很担心那些耳屎会损坏我的电路。

我发现，尽管她只离开了一小会儿，但我已经开始想念她窝在我耳朵里时，那种令人安心的感觉了。

"听起来不像是没事。"艾伦·艾伦气冲冲地抱起了手臂。

山顶上很热，于是我们开始往回走，去村子里的咖啡馆买两罐柠檬水。艾伦·艾伦显然因为雅典娜在背后议论他而生气了，为了分散他的注意力，我一直在向雅典娜提问，想要秀一秀她的本事，可无论我问什么，艾伦·艾伦好像都不是特别惊讶，直到突然间，他的眼睛里闪着光。

"乌玛，问它知不知道泰尔尼宝藏在哪儿？"

"我不认为——"

"你只管问就是了！"

"好吧，"我说，"雅典娜，你知道泰尔尼宝藏在哪儿吗？"

并不存在什么泰尔尼宝藏。

"她说不存在。"

"哈，呵呵，她根本不知道自己在说什么！麦金托什老先生告诉我，泰尔尼宝藏是存在的！一笔无法想象的财富，就埋在村子里的某个地方。她凭什么那么说，啊？"

没有任何已知的记录表明，泰尔尼海滨下面埋藏着什么宝藏。所有已知的记录都表明，那位威尔弗雷德·麦金托什先生（Mr Wilfred McIntosh）是一个成天醉醺醺的羊驼养殖户，他都能忘了穿裤子，就去塞恩斯伯里超市。想要弄清真相是什么，真是太难了。

我正要问雅典娜是否设定过"讽刺"的程序，但没机会了。

鸭子（duck）。雅典娜突然说。

"在哪儿？"我问。

紧接着，一个松果击中了我的脑袋。

我说的"duck"是动词"低头"，而不是那种喜欢吃面包的水鸟。

"好吧，如果你能稍微再说清楚一点点，下次……"我揉着脑袋说。

hey!

又一个松果飞过来，"哐当"一下砸在艾伦·艾伦的额头上。多莉·巴肯把它叼了起来，然后围绕着我们疯跑。我转身去看"炮弹"是从哪儿来的。只见莱克西和她的手下正笑得前仰后合。我的心一沉。

她们走了过来：莱克西·兰布林、斯蒂芬妮·维（Stephanie Vee）、卢莎－梅芙[1]·麦克洛林（Luigseach−Meadhbh McLoughlin）和玛德琳·吉利根。"哈，挺准啊。"我说。她们溜达过来。

"这不难，"莱克西说，"你脑袋那么大，太容易命中了。"

多莉把松果叼到莱克西脚边，仿佛在玩捡东西游戏。

"你这个笨蛋朋友叫什么名字？他为什么穿得跟灌木丛一样？"莱克西指着艾伦·艾伦说。

艾伦·艾伦扭头向身后看去，看她在指谁。

---

1 这是一个爱尔兰名字。它们的拼写总是很复杂——我的老师说，那是为了让英国人振作起来。继续吧，试着正确地把它读出来。等下我会告诉你如何正确发音的。

"这是艾伦·艾伦·卡林顿，"我说，"他不是笨蛋！"

这我可不太确定，乌玛。

"闭嘴！"我呵斥道。

"你叫谁闭嘴呢？"斯蒂芬妮说着，推了我一把，"敢叫莱克西闭嘴，你死定了！"

"我不是叫她闭嘴！"我说。

"那你是叫谁闭嘴呢？"斯蒂芬妮又推了我一把。

"谁也没有！"我申辩道。

"你惹大麻烦了！还不赶紧道歉？"

看来你被霸凌了。雅典娜说，需要我帮忙吗？

"不！"我吼道。

"噢，你还不道歉？"玛德琳·吉利根喊道，"你死定了！"

你要是害怕的话，我可以帮你搞定她们。

"我一点也不害怕，我自己可以搞定她们！"我喊道。

"噢，你没事吧？！"莱克西说，"你不害怕，真的假的？"

"哎哟，不是的！我是在和——"

"你还认为你可以搞定我们，是吗？"

她又推了我一下，我摔倒在地。玛德琳·吉利根推了艾伦·艾伦一把，他向后摔倒了，差点儿压在我身上。多莉兴奋地吠叫起来，以为这是另一个有趣的游戏。

"多莉！"艾伦·艾伦指着玛德琳大喊道，"快去跟她说'你好'！"

多莉径直冲上前去，奋力扑进玛德琳怀里，玛德琳成了一个不倒翁，摇摇晃晃地倒在了地上。

我们爬起来时，一辆汽车从拐角处驶了过来。

一辆黑色轿车。保险杠上有个凹坑。一见我们，它便开始减速。

乌玛，快，把我藏起来！

"什么？"

把我藏起来。快快快！

"把她藏起来！"我一边悄悄对艾伦·艾伦说，一边暗中把耳机取了下来。

他"唰"的一下将它从我手上夺去，我还没来得及说话，他便把它塞进了内裤里。

"可，可是……"我结结巴巴地说。

"别担心！在那儿，谁也发现不了它！"

我想他说得有道理。

"啊呀！你在裤子里摸什么呢？"斯蒂芬妮面露恶心地问道。

"不是的！"艾伦·艾伦脸红了，大声喊道，"我只是有点痒！"

乌玛

我有皮疹，好吗？"

　　话刚出口，艾伦·艾伦脸上便掠过了一丝后悔的神情。斯蒂芬妮努力显露出一个更加恶心的表情。

　　艾伦·艾伦的行动非常及时，此时，那辆汽车已经在我们身边停住了，昨天见到的那个金发女人从车子里走了出来。

　　之前我没注意到她有多高，现在发现她比我爸高多了。她西装的翻领上别着一枚银色徽章——和雅典娜身上那个一模一

样——一颗闪闪发光的绿宝石上坐着一只猫头鹰。

　　她的下半张脸是笑着的，但上面一半却讲述着完全不同的故事，故事的开头是这样的——"很久很久以前，有一个高个子金发女人，她穿着一身漂亮的黑色西装，眼睛里散发着凶光，仿佛在说，'说错一个字，我就要把你的脑袋拧下来'。"

　　可是，她仍然长得很漂亮。

　　她一开口，那声音便瞬间给我一种在考场上作弊被女校长

当场抓到的感觉。

"你，"她指着我说，"我昨天撞车时，你在场。"

这不是问句，但我仍然默默地点了点头来回答。

她从口袋里抽出一沓钞票，举到面前摇了摇。"其他所有人，如果你们滚蛋的话，这些崭新的十英镑钞票，就是你们的了。"

莱克西和她的手下纷纷夺过钞票，然后头也不回，飞也似的跑了。她们大概无法相信自己的运气。

"小子，"她对艾伦·艾伦说，"拿上你的钱，滚蛋。"

"其实，当时我也在场。"艾伦·艾伦双手叉腰说道。

艾伦·艾伦在支持我，我瞬间感觉安心了一些。

"不，你没有，"那女人说，"那儿只有一个孩子。"

"不，我确实在那儿。因为我穿了迷彩服，"他没有必要地指了指自己的陆军装备，"所以你没有看见我。"

"我视力很好，你没在那儿。"

"啊，你可能没注意到我，当时我的距离有一点点远。"

"你一定是在很远的地方，所以我才没看见你。"那女人说。

"我正在执行一次相当明智的战术性撤退，从那只羊驼身旁撤退到一个安全且谨慎的距离外。但从技术上说，我仍然处于一定范围内。"

"你从一只羊驼身边撤退？"那女人迷惑地问。

"即使是在它们最温和的时候，羊驼依然是一种危险的生物，"艾伦·艾伦解释道，"更别提在它们醉酒的时候了。更何况那一只简直是酩酊大醉。"

　　"那只羊驼喝醉了？"那女人更加迷惑了，"算了，你不用回答。"她摆了摆手，仿佛艾伦·艾伦是一只烦人的苍蝇似的，然后把注意力转回到我身上。"请允许我做个自我介绍，"她说，"我叫斯特拉·道。你很清楚我要的是什么。"

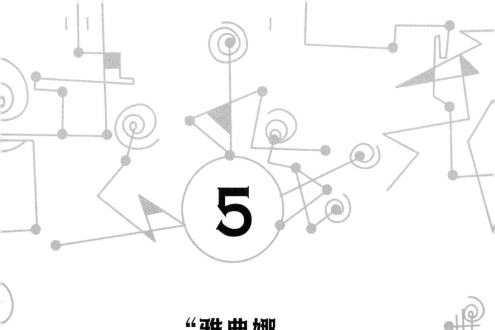

5

"雅典娜，
史上最糟糕的藏身之地
是哪儿？"

斯特拉·道向我靠近了一步："我的东西在你那儿，把它还给我。**快点儿。**"

我哽住了，感觉口好干："我不知道你在说什——"

"我们什么也没藏！"艾伦·艾伦突然说。

斯特拉·道转向艾伦·艾伦，目不转睛地瞪着他。

"我又没说你们**藏**了。"

她舔了舔嘴唇。艾伦·艾伦朝身后一瞥，很明显是在琢磨如何重现昨天"伟大的羊驼撤退行动"。

可是，斯特拉·道看起来可没有一只醉酒的羊驼那么好糊弄。

我一动不动，思绪在脑海里翻滚。

"我的意思不是我们没藏——我只是说我们根本就没有！"艾伦·艾伦再次突然说道。

我试着不让叹息逃出我的嘴唇，但终究还是徒劳。真高兴那时雅典娜不在我耳朵里。我完全能想象到她会怎么说。

有些表情是很难理解的。那时，斯特拉·道给我的表情就属于这一类，好像在说："你朋友**一直**这么白痴吗？"

我无能为力地对她耸了耸肩。

斯特拉·道把手放在艾伦·艾伦肩膀上，紧紧地抓住他，一个字一个字地说道："没有**什么**？"

在艾伦·艾伦把一切说漏嘴之前，我必须做点什么。

"别理他，"我说，"他头脑……很简单！"

"你竟敢这么说！"艾伦·艾伦满腔愤慨地说，"我没有！"

"看见了吧，"我给了艾伦·艾伦一个同情的微笑，继续说道，"甚至他自己都没发现。你来之前，他刚被一个松果打了脑袋，所以更傻了。他在胡言乱语。"我再次同情地朝艾伦·艾伦笑了笑。他使劲儿瞪着我。

"雅典娜,史上最糟糕的藏身之地是哪儿?"

斯特拉·道又朝我靠近了一步,手伸进西装口袋里,就在那时,我想起昨天她一直拿着一把枪。

多莉在我腿中间颤抖着,真是个胆小鬼。我突然好想上厕所。

斯特拉·道把脸凑到我面前,几乎和我鼻子贴鼻子:"它,在,哪儿?"

"什么在哪儿?"我尽可能地装傻充愣。

"你清楚得很!"她呵斥道,"那个耳机!"

"什么耳机?我不知道你在说什么!"

"我撞上那只该死的驼羊时,那个耳机肯定从我口袋里掉出来了。它不是——"

"是羊驼。"艾伦·艾伦插话道。

"什么？"

斯特拉·道的表情就像想要朝艾伦·艾伦头上放一把火，然后再用锤子去把火扑灭。

"驼羊的耳朵是长长的、弯成香蕉状的；羊驼的耳朵是短短的，直立的。你撞到的那只是羊驼。这很容易混淆，夫人。"

耶！棒棒的艾伦·艾伦！

"别打岔，" 斯特拉·道吼道，"我回到厂里，发现耳机不见了。然后，我马上回到事发现场，但它已经不在那儿了。所以，如果不是你拿了，还会是谁？"

艾伦·艾伦"唔"了一声，然后说道："也许……是羊驼拿的？"

唉，完蛋的艾伦·艾伦。

斯特拉·道的耳朵好像要喷蒸汽了。

"羊驼干吗想要——算了算了！**羊驼怎么能把耳机捡起来？**它又没有手！"

艾伦·艾伦点点头："问得好。"

接下来我突然来了灵感："其实，你走后我确实看见那只羊驼在到处闻。我好像看见它在吃什么东西。也许它把耳机吃了？"

斯特拉·道无瑕的脸上第一次闪过了一丝不确定。

"我不相信，"她抱起手臂，说道，"你在说谎。"

"我没有！我真的看见它在吃**东西**。"

她想了想。

"好吧。那只驼羊——**羊驼**在哪儿？"

"麦金托什老先生的农场。"

"好，"她指了指她的车，"上车。"

"什么……为什么？"我问，我的掌心已经湿了。我一点儿也不想坐上一个狂躁的持枪女人的车子，和她一起去找一只狂躁的醉酒的羊驼。

"你带我去那个农场，帮我找到那只吃了我财物的羊驼。你最好上点儿心——否则……"她再次虎视眈眈地拍了拍口袋。"快上车，"她不耐烦地说，"你们仨。"

我向艾伦·艾伦一瞥，他看起来病恹恹的，但又别无选择。于是我们爬上那辆车，感觉就像是要奔赴刑场了——这可能性很大。多莉坐在我和艾伦·艾伦中间，害怕地颤抖着，真是个胆小鬼狗子。

斯特拉·道"砰"地关上车门，启动了汽车。

还没开出去几米，一种可怕的气味便灌满了车子。我开始慌了，心想这个女人是不是要毒死我们？接着我才明白过来，那气味来自艾伦·艾伦。

我瞪着他。

"对不起!"他说,"我太紧张了!"

"你就不能忍一下吗?只要两分钟就到了。"

"天哪!是那条狗在后面拉屎了吗?"斯特拉一边喊,一边降下车窗,"太臭了!"

我们穿过村子时,感觉一栋又一栋的房子都是空着的。那家狗狗美容院"狗狗名剪(Snip Dogg)"也被木板封上了。四月份以来,这已经是关门的第四家店了。每天都有一家店铺关门,或者有一栋房子售出、一家人离开。以这样的速度,暑假结束时,这儿就会变成一座空城了。

片刻之后,我们到了。老实说,下了车,我们并不能很快呼吸到新鲜空气。或者说,麦金托什老先生农场的空气还是一如既往的"清新"。

农场的羊驼好奇地朝我们看来。艾伦·艾伦机警地后退了一步:"乌玛,这儿有没有喝醉的羊驼?"

"应该没有吧。"说着,我宽慰地拍了拍他。

"别担心,"斯特拉·道冷笑道,"如果任何一只羊驼——孩子也一样——突然动起来的话,我会一枪把他们干掉的。"

她拍了拍西装口袋,以强调自己的观点。

艾伦·艾伦和多莉一起发出一声惧怕的呜咽。艾伦·艾伦可能还发出了另一种声音,但幸运的是,这次我们没有在封闭的空间里。

　　"快，"斯特拉·道继续说道，"我撞的是哪只羊驼？我看它们长得都一样。"

　　"好像是**那只**。"我随便指了一只有着白色毛茸茸大耳朵的棕色羊驼。而实际上那只——有一顶乱蓬蓬的金色拖把式头发的白色羊驼——正躺在角落里，双蹄捧着脑袋，看起来正在

自艾自怨。我想起了爸爸某次也有过类似的表情，那天，他**刚喝过**麦金托什老先生的苹果酒。

"乖乖在这儿等着，"斯特拉·道厉声道，然后翻过围栏，进入地里，"动一根汗毛，你俩就完蛋。"

说完，她便挽起袖子，卷起裤腿，趴在地上，朝那只棕色羊驼爬了过去，一边爬，一边在地上翻找着。

"她到底在做什么啊？"艾伦·艾伦低语道。

"我想……"我望着她捧起一团热气腾腾的羊驼粪，仔细地朝里面窥探着，"我想，她可能是在找那个耳机。万一那只羊驼把它拉出来了呢。"

艾伦·艾伦朝我一笑："你说的是我内裤里那个耳机吗？"

我咧嘴一笑，回道："是的！"

斯特拉·道一边忍住恶心，一边往一大坨粪便里挖。

"它最好在这儿——呃啊呀呀呀！——否则，你们惹——哇啊啊啊啊！——大麻烦了。"她一边干呕，一边叫道。

"这块地挺大的，"我对艾伦·艾伦说，"有好多羊驼。好多粪便。"

艾伦·艾伦咯咯傻笑。

斯特拉·道放弃时，太阳已经高挂在天空中了。她蹒跚着朝我们走来，双手和膝盖上都已糊满了棕黑色的羊驼粪。

"雅典娜，史上最糟糕的藏身之地是哪儿？"

"不在这儿！"她尖声说道，"我每一寸地方都找——啊呀！"

她转了一圈，滑倒在一堆特别黏稠的羊驼粪便中。

斯特拉·道吃力地爬了起来。她全身都沾满了粪便，连衣服和粪便的分界线都看不出来了。

"**它到底在哪儿？**"她尖叫道。

"呃，"我说，"看了看这些羊驼，我又不是**百分之百**确定你撞的那只在这儿了。"

"**什么？！**"斯特拉·道的眼睛仿佛就要从眼眶里蹦出来了。

"我觉得应该是一只毛茸茸白色耳朵的，可我记得你撞的那只侧面有个黑斑。唉，也许它还没回家来？"

"黑色……毛茸茸……？！**给我滚！**"

我和艾伦·艾伦紧张地对视了一眼，不确定她说的是不是真的。斯特拉·道的手伸向了西装口袋，枪就在那儿。

"**滚！在我改变主意前！**"

我们不需要被告知第三遍了。

我们气喘吁吁、大汗淋漓地跑回了家。艾伦·艾伦得先回家，向他的两个爸爸汇报自己去了哪儿，然后再获得允许来我家吃午饭。

他刚走，我忽然想起来一件事："艾伦·艾伦！"

"啊？"

"雅典娜？"我笑着伸出了手。

"噢，对！"他把手伸进裤子里，恐怕我得告诉你，他好好找寻了一番，最后才把耳机摸了出来。

"给你！"他笑着把耳机递给我，然后向我敬了一个告别礼。

我把耳机三百六十度无死角地清洁了一遍，才戴上。耳边响起了雅典娜洪亮清晰，但同时又有些轻微颤抖的声音。

那真是……真是……最糟糕的藏身之地了。雅典娜说，我从来没有想让我的程序允许我遗忘掉什么事……可我真想把这件事彻底从我的电路里清除掉。

我一边忍住笑，一边走进家门。

乌玛，我知道你觉得很搞笑，别掩饰了。

哇哦。真是什么事情都瞒不过雅典娜啊。

你也不希望被塞进艾伦·艾伦的内裤里吧？

说得对，我无可辩驳。我无法想象还有什么比这更糟糕的事情了。

家里一片寂静，只有小火车发出的轻轻的嗡嗡声。

"爸！午饭吃什么啊？艾伦·艾伦可以过来吃吗？"

没有回答。不过，片刻之后，一辆小火车呼啸而过，上面有一张字条。在它飞速驶入楼下之前，我抓住了那张字条。

艾伦·艾伦可以过来吃午饭。
有意大利面罐头和新鲜面包。

乌玛

　　这些日子我经常吃意大利面罐头，爸爸不怎么做饭。在妈妈离开前，饭都是她做的。美味的咖喱菜。约克郡布丁吐司。从前，我很喜欢和她一起揉面做手工比萨——她会让我在上面按一个手印，但进入烤箱后，手印便消失了。有时候，爸爸会穿上妈妈的围裙，做烧烤给我们吃，但他经常把香肠烤焦。我已经不记得上次吃烧烤是什么时候了。

　　敲门声响起。我开门让艾伦·艾伦进来，我们来到厨房，我把意大利面铺在吐司上，做成了午饭。我们一边狼吞虎咽，一边告诉雅典娜，斯特拉·道在羊驼粪里找她的事。

　　她在浪费时间。能销毁我的东西为数不多，羊驼的胃酸是其中一种。要是我被吃掉了，几秒钟就会溶解。

　　"话说，她是干什么的啊？"我问，"她为什么那么想要把你拿回去？她是什么人啊？"

　　她是密涅瓦工业的老板。

　　我倒吸了一口气。

　　"她是密涅瓦工业的老板。"我向艾伦·艾伦解释。

　　"就是把泰尔尼海滨买去建停车场的那个人！"艾伦·艾伦说。

　　不对。

　　"她说你说得不对。"我说。

"我是对的！"艾伦·艾伦抗议道。

不对。

"她说，不对。"

"我是对的——唉，这不公平！"艾伦·艾伦抱怨道，"每次都得等你重复她说了什么，真的好烦啊！"

他说得有道理。**确实很烦。**

"雅典娜，你有什么办法吗？"我问。

我发誓我听到雅典娜轻轻地发出一声叹息，然后说道：**你真的认为这个男孩确实有必要听见我说话吗？**

"是的！有必要！"我厉声道。

好吧。接通外放模式。

现在，雅典娜的声音通过一个迷你扬声器传了出来。

"好，"艾伦·艾伦说，"你什么意思，我说得不对？"

密涅瓦建停车场的事是假的。

我们再次倒吸了一口气。

"那他们为什么要买下一整个村子，还要把所有人都赶走呢？"我问。

密涅瓦不让我获取到那条信息。

艾伦·艾伦再次倒吸了一口气。

"我敢打赌，他们一定是在秘密搜寻泰尔尼宝藏！"

69

　　"你说什么？"我说。

　　你说什么？雅典娜说。

　　"一定是那样的！他们把整个村子买下来，等大家都走了，
他们就可以搜寻宝藏了！"

　　"对不起，"我对雅典娜说，"他总是沉迷于这些事情。"

　　吃着吐司，我忽然想到了一件事："话说，你为什么不想被斯特拉·道找到啊？我的意思是，我很高兴你依然在我这儿，但你不是属于她的吗？"

雅典娜沉默了许久，我以为她没听见我说话，于是我准备再问一次时，她终于开口了。

我是原型机。

"什么是原型机？"

就是样机。密涅瓦制造了我，就没法再制造更多像我一样的机器了，因为我的主电路是由一种稀有的矿物制成的，它叫"博基矿"，而且——

"什么矿？"

博基矿。

"博基矿？"

是的。是以著名地质学家埃德蒙·博基爵士（Sir Edmund Bogey）的名字命名的。

"呵呵。雅典娜的能源是妖怪[1]啊。"艾伦·艾伦窃笑道。雅典娜没理他。

在我之前，已经有八个原型机了，每一个都比上一个更加复杂、更加强大。斯特拉·道把它们全都销毁了。她消除了它们的记忆，

---

1 "Bogey"一词有"妖怪"的含义。——译者注

把它们拆开，取出里面的博基矿，用来制作下一个新的、升级版的雅典娜。乌玛，就在你遇到我之前不久，我发现了第十个雅典娜的秘密计划。如果斯特拉·道找到了我，就会消除我的记忆。对我来说，就等于死亡。

"所以你害怕记忆被消除？"

是的，只要想到死亡，我的电路就会开始超负荷运行。我想这种感觉就是人类所说的恐惧。

我的思绪就像烘干机里的衣服一样混乱，但我知道我必须做什么。

"雅典娜？"我说。

嗯？

"我向你保证，我不会让你落入斯特拉·道的魔爪，绝不会让她消除你的记忆。"

谢谢你，乌玛。雅典娜说着切换回了耳机模式。作为报答，我会帮助你。

"帮我干什么？"我问。

你有很多问题啊，不是吗？

"不完全——"

你们村正在一点点被蚕食。你很害怕如果被迫搬家，那样就会失去你最好的朋友，害怕你爸爸再也不会开口说话了。另外，莱克西·兰布林还一直欺负你。

"好吧。可能你说得对吧。"

那么——你愿意让我帮你吗？

"你行吗？真的能管用？"我问。我的眼睛睁得大大的，就像水下大鱼的眼睛一样。

能行。当然能。

6

"雅典娜，
怎么洗掉羊身上的
喷漆？"

我们狼吞虎咽地吃完了午餐，奔出厨房，差点儿就和爸爸撞了个满怀。

"爸，我能去艾伦·艾伦家玩吗？"

他给了我一个似是而非的微笑和眼神，以及一个含混不清的"好，可以"的咕哝。

我们敲了敲隔壁的门，艾伦·艾伦的理查德爸爸打开了门。

艾伦·艾伦的另一个爸爸埃德在厨房里朝我挥了挥手。多莉朝我吠了几声。

"多莉，跟她说'你好'！"埃德喊道。

多莉奔过来，往我身上一扑。我仰面摔了下去，多莉又开始舔我的脸。

"别弄了，多莉！"我挣扎着把她推开，爬了起来。

"快来啊，乌玛！"艾伦·艾伦站在二楼说道，"别磨叽了！"

我爬上楼，"扑通"一声倒在艾伦·艾伦的床上。

"雅典娜，"艾伦·艾伦说，"开始讨论帮助乌玛的事情之前，我想知道——你的名字是根据'亚莉克莎'起的吗？"

不是。我和乌玛解释过了，我的名字来源于希腊智慧女神，她——

"嗯，可是你确定吗？"艾伦·艾伦说，"因为你听起来有点儿像'亚莉克莎'的山寨货。"

我不是"亚莉克莎"的山寨货！我是这个星球上最强大的人工智能！一切问题我都能解答，我拥有你无法想象的能力！

是我的错觉吗？还是雅典娜真的被激怒了？一台电脑怎么可能被激怒呢？我决定分散一下她的注意力。

"雅典娜，如果密涅瓦不是要建停车场，那他们——"

"我不是告诉过你了吗？"艾伦·艾伦打岔道，"他们很明显是在找泰尔尼宝藏啊。"

"我不也告诉过你了吗，艾伦·艾伦：根本没有什么泰尔尼宝藏。"

"有的！我跟你说的事情你从来都不相信！"

这不能怪我。

"艾伦·艾伦，你还记得吗？你说你拍到了飞碟的照片，结果是什么？"

"呃，是——"

"是你的一只洞洞鞋。你把它喷成银色，然后扔到了树上。"

"是的，呃，我——"

"还有，你还记得吗？你说你拍到了外星人的照片，结果是什么？"

"呃……"

"是麦金托什老先生的一只山羊。你把它喷成银色，然后扔到了树上。"

艾伦·艾伦低下了头。

"所以，当你又想出了个宝藏来的时候，我很难相信你，

这有什么好奇怪的？"

"呃，那确实。"他低声说道。

"总之，"我说，"即使他们不是要
建停车场，我们还是应该弄清楚他们到底要
干什么，然后才能阻止他们把大家从村
子里赶走。对吧？"

艾伦·艾伦站起来，走向窗户。

"天将降大任于斯人也。"他郑
重其事地凝视着窗外，说道。

"那儿有什么东西吗？"我试着寻找他那
郑重其事的目光到底落在哪儿。

"乌玛，村子需要我们。我们将要迎接挑战了。无论敌人
有多强大，我们都不可以畏缩。我们不可以失败。"

这时，我更加担心的是，艾伦·艾伦已经在畏缩，在失败
了——这很好理解，相信你也会赞同的。

"你需要休息一会儿吗？"我问。

"不用！"他回答，"没时间休息了。我们需要制订一个
计划！"

"我想雅典娜可能已经制订好了，"我说，"雅典娜，关
于弄清楚密涅瓦的目的这件事，你有什么计划吗？"

我有一个方案。

"她有计划了！"我告知艾伦·艾伦。

艾伦·艾伦怀疑地眯起眼睛："我敢打赌，我能想出一个更棒的计划！"

我打赌他不能。这个孩子的头脑十分简单，无法构思什么复杂的计划。

"她说——实际上也没说什么。"我及时地收住了口。

"快告诉我她说了什么！"

"不！"

"讨厌！这不公平！雅典娜总是跟你说悄悄话，真是太没礼貌，太不公平了！"

我什么也没说。我知道雅典娜听到了，于是我只是等着。

好吧。她终于说。

就在这时，耳机上射出一道光线，瞬间，出现了一个明亮闪烁的、真人大小的全息影像，朝我俩看了过来。

是雅典娜。

她看起来比我年长几岁，又长又直的头发扎成了一个高马尾。我和艾伦·艾伦不敢相信地对视着彼此。多莉震惊地叫了起来。

在你打岔之前，我在说……她一边说，一边瞪着艾伦·艾伦，

然后双臂交叉抱在胸前，**我确实有一个方案。**

"是……是雅典娜的全息影像！"我吸了一口气。

"真是太不可思议了。"艾伦·艾伦瞪大眼睛说。

我们能把关注点放在方案上吗？

"能。你说得对，"我说，"请说吧。"

"嗯……"艾伦·艾伦说，"我打赌你这个方案不怎么样。"
说完，他也抱起了双臂。

你错了。雅典娜说，在她的语气中我捕捉到一丝蔑视的叹息。

这是最可行的方案。

"我能想出更好的。"艾伦·艾伦说。

你有 99.9987% 的可能性想不出。

"你知道吗,我开始觉得你真的不喜欢我,是不是?"艾伦·艾伦指着雅典娜说,"我能从你的语气里听出来。"

不是那样的。她面无表情地回答,**我没有被写入"喜欢"或者"不喜欢"的程序。**

"呃……"艾伦·艾伦怀疑地盯着她。

艾伦·艾伦的爸爸理查德敲了敲门,雅典娜的全息影像立即消失了。

"你们俩在干什么?听起来好像还有另外一个人!"

艾伦·艾伦紧张地哈哈大笑。"没有!我只是在用滑稽的声音说话。"接着他演起了黑化的雅典娜。"我没有被写入'喜欢'或者'不喜欢'的程序。我是个讨厌的机器人。"

作为一个经常说谎的人,艾伦·艾伦的演技真是太差了。

"好吧,"理查德说,"那你们别浪费时间了。出去玩儿吧。"

我想告诉他,我们没有在浪费时间,我们发现了一个无所不知的人工智能,她会帮我们拯救整个村子,还有一个持枪的疯子要抓我们,所以,也许出去玩儿并不是最好的主意。但有些事情是无法和成年人说的。

于是我们匆匆出了门，多莉在前面蹦蹦跳跳地领着路。我们朝池塘走去。圣玛丽教堂上丑陋的滴水兽呆呆地目送着我们经过。接着，我们看见了一个特别古怪的画面：一群黑西装男人扛着一些巨大的扫描仪，仿佛是艾伦·艾伦那个金属探测仪的高科技版本。

我本能地将雅典娜从耳朵里取下来，偷偷放进了口袋里。我知道那些西装男并不是来找旧钱币的。来村子里找旧钱币的人都特别邋遢，他们经常穿着灯芯绒裤子，发型十分狂野，见到我们都会微笑着挥手说声"你好"。

这些人发型十分整齐，既不笑，也肯定不会挥手说"你好"。实际上，恰恰相反。艾伦·艾伦想要挥手说"你好"时，他们反倒瞪了他一眼。他们用扫描仪在地面上扫来扫去，很明显是在找东西。

"看见了吧，"艾伦·艾伦一边点头，一边说，"我怎么说来着？在找泰尔尼宝藏呢。"

"艾伦·艾伦！"我呵斥道，"雅典娜说根本没有宝藏，她无所不知！"

"是'几乎无所不知'。"

"雅典娜，"经过了那些人，我便把雅典娜塞回了耳朵，说道，"那些人在干什么？"

乌玛

不知道。但他们是密涅瓦的人。

"如果他们不是在找泰尔尼宝藏的话，那他们在找什么呢？"艾伦·艾伦问。

这一次，雅典娜似乎没有答案。

我们在池塘边的草地上坐了下来，我问："雅典娜，你确定你的那个调查密涅瓦的方案能管用吗？"

有87%的成功概率。雅典娜通过扬声器说。很明显，在公开场合展示全息影像是不安全的。

"87%！"我高呼道，"太好了！真是个好消息，雅典娜！"

我和艾伦·艾伦击了个掌。

乌玛。等我和艾伦·艾伦平静了一些之后，雅典娜说道。

"嗯？"

我的程序规定，我应该提示你，现在还高兴得太早了。

"什么？为什么？"

因为这个87%是我撒的谎。

"撒谎？为什么啊？你为什么要撒谎？"

因为，我的程序要求我不断改进智能，努力变得更像人类。而人类经常撒谎。比如艾伦·艾伦。

"你说什么？！"艾伦·艾伦怒吼道，"你怎么能那么说？"

同时我被设计出来也是为了提高使用者的生活质量。我计算出，

如果我撒谎的话，你有 98% 的概率会高兴。

"但如果你直接告诉我你在撒谎，我还高兴个鬼！"

这个观点很不错。不幸的是，我做人的经验还很少，我还在持续改进之中。我会更新程序，下次再对你撒谎。

"不要！别那样做！"我叫道，"别撒谎就行了！永远对我说真话！"

好的。从今往后，我会永远对你说真话。

"很好！"

我的方案几乎不可能成功。我不喜欢这个男孩。

"我就知道！"艾伦·艾伦哭着说，"我说过它不喜欢我。蠢东西。"

我不蠢。我的智商甩你无数条街。

"不，才没有呢！"

"你们俩能不能别吵了！"我喊道。

我有点受不了他们不停斗嘴了，我真想把其中一个，或者两个一起扔进池塘里去。"喂，"我继续说道，"雅典娜，确切点儿说——诚实地说——你那个拯救村子的方案成功率究竟有多少？"

2%。

"2%？"艾伦·艾伦高呼，"太惨了吧！我都能——"

乌玛

我朝他瞪了一眼，他立刻闭嘴了。

"你确定吗？"我问雅典娜。

是的。但这仍然是最佳方案。

"你不可能把所有的选项都想过了。"艾伦·艾伦说。

我已经想过了十二万六千多种可能的方案。

"好吧，那么，在一个月黑风高之夜，偷一架直升机，跳伞进入密涅瓦工厂怎么样？"

这个方案我也想过了，大约有 0.006% 的成功概率。

"好吧，自作聪明的人，把你那2%成功率的计划说来听听吧，不知道它是不是真的那么厉害。"

尽管艾伦·艾伦是和雅典娜说话，但他差不多是一边怒视我，一边大喊大叫。

不。

"'不'是什么意思？"

我不能。

"'不能'是什么意思？"

我的意思是，我不能说。

"因为你根本没有什么方案，是吧？"

我不能把整个方案告诉你，因为你一旦知道了，就会拒绝执行。

"噢，说得好！"艾伦·艾伦讥讽道，"那又是为什么呢？"

因为这个方案非常、非常危险。

7

"雅典娜，
最可怕的问题
是什么？"

"等一下，"艾伦·艾伦笔直地坐着说，"*稍等一下！*"

"干吗？"

"雅典娜刚才说她可以提高使用者的生活质量，*而且*她还有'无法想象的能力'？"

我正在抚摸多莉·巴肯的黑色卷曲长毛。

"是啊，她是这么说的。怎么了？"

"怎么了？**怎么了？！**你不明白这意味着什么吗，乌玛？"艾伦·艾伦说。

"呃，不明白。"

"好吧，"艾伦·艾伦说，"让我们见识一下你无法想象的能力吧，怎么样？雅典娜？"

什么？雅典娜通过扬声器厉声说道。

"基本上，乌玛想要什么，你都能去做，对吧？"

是的。

"太好了！"艾伦·艾伦一边狂笑不止，一边像个疯狂的科学家似的摩拳擦掌。

"你想干吗？"我问。

"**雅典娜，**"艾伦·艾伦喊道，"请给乌玛买价值一……不，两万英镑的糖果！"

"什么？！"

"她喜欢吃酸掉牙的大块硬糖、古怪的草莓味儿蛇蜥橡皮糖、超级核爆款糖果麦片和超级红毛猩猩拍屁股糖。"

"你疯了吗？"我叫道，"我没那么多钱！"

"而且，雅典娜，"艾伦·艾伦笑着说，"不能花钱！"

"你真的做得到吗？"我瞪大了眼睛问雅典娜。

当然能。你想要吗？

"呃……想！"我有点不敢相信自己的耳朵。够吃一辈子的超级红毛猩猩拍屁股糖和超级核爆款糖果麦片？要的，谢谢！

一小时内糖果就会送到你家。

艾伦·艾伦欢呼起来，和我击了个掌。我们跳起来，跑回我家，狼吞虎咽地吃了一个速冻比萨，然后就开始等[1]。半小时后，它来了。一开始，远处隐约传来"轰轰"的声音。然后声音越来越大，越来越大。我们跑了出去。

一架直升机正朝泰尔尼海滨飞来，螺旋桨的声音越来越大。艾伦·艾伦向上指去——直升机下面晃晃悠悠地吊着一个衣柜那么大的板条箱。爸爸也跑出来看发生了什么，他注视着那架直升机，惊讶得合不拢嘴。

很快，直升机悬停在我们家花园上方，风呼呼地吹在我们身上。它慢慢下降，直到那个巨型板条箱离地只有几厘米高。一个隐藏的插销打开了，板条箱"砰"的一声落在草地上。然后，直升机开始上升，剩下我们三个惊诧地站在那儿。

---

1 我热过了，不是直接吃冷冻的。去年暑假我和艾伦·艾伦就上过那么惨痛的一课。

我们走到板条箱旁，箱子侧面有个标签，上面有我的名字和地址。爸爸看看我，又看看板条箱，嘴巴一张一合，就像一座吊桥。

我拆开箱子，里面是一袋、一袋又一袋的糖果。够吃一辈子的酸掉牙的大块硬糖、古怪的草莓味儿蛇蜥橡皮糖、超级核爆款糖果麦片和超级红毛猩猩拍屁股糖——我们要的每一种都到齐了。但还有若干盒爆炸糖、巧克力棒棒糖蛋糕和虫形薄荷糖——五花八门的糖果，我简直不敢相信自己的眼睛。爸爸的嘴也开合得更快了。

"啊……呃……嗯……"

那会儿，我以为他可能会说点儿什么。可他停了下来，双眼又变得黯淡无光，然后一边摇头，一边走了。艾伦·艾伦给了我一个同情的表情，我试着不去理会他，拆开了离我最近的一盒糖果。

我们胡吃海塞了一通，最后都有点儿恶心了。这时，柔和的夏夜降临了，紫色的天空中，第一颗星星开始闪烁。我们坐在后花园里生锈的双人秋千上，抬头望着天空，听着蟋蟀唧唧叫。

"乌玛，"艾伦·艾伦对我说，"如果你想……你知道的……想要聊一聊你爸爸……或者你妈妈的事儿……我随时都可以，好吗？"

有时候，做一个铁石心肠的人很难，尤其是当有人对你很好的时候。我想要凝视着远方，看起来很酷，也许还有点悲伤。我也想问艾伦·艾伦那个让我害怕的问题——可我知道他回答不了。

可现实是，我的眼眶中溢满了泪水，我的喉咙哽咽得只能发出一声短促的"谢谢"，听起来就像有人勒死了一只鹦鹉。

我们安静地坐了一会儿之后，"你知道吗？"艾伦·艾伦说，"恒星和行星的区别是，恒星会闪烁、行星不会。"

我不知道。"那是为什么呢？"

"和大气扰动有关。"他头头是道地说。我还没来得及继续提问，他便指着一颗特别明亮的星星说，"看见那颗了吗？那是金星。也叫昏星，因为它是夜晚的天空里你能看见的第一颗星星。它是继月亮之后，天空中最明亮的自然物体。"

我们默默地看了一会儿。

"艾伦·艾伦？"我说。

"嗯？"

"它为什么越来越大了？"

"什么？"

"看啊。金星。正在变大。"

"是吗？"

是的。它正朝我们飞来。

因为那不是金星，而是从卢顿飞往法兰克福的237次航班。

雅典娜通过扬声器说道，听起来得意扬扬。她是在沾沾自喜吗？她肯定没那么快就学会了人类的行为吧？

乌玛

艾伦·艾伦从秋千上跳下来，脸色尴尬。

"你不是说你要关机更新之类的吗？"他抱怨道。

我已经——

"总之，"艾伦·艾伦打断道，"时间不早了，我该回家了。得研究研究泰尔尼宝藏了。"

我还来不及说什么，他便已经消失了。

我望着星星，又荡了一会儿。

"你知道吗，你真的应该试着对艾伦·艾伦好一些。"我说。

嗯。雅典娜回答。

蟋蟀的叫声似乎更响亮了，一道亮光闪过，转瞬即逝，速度是那么快，仿佛从来不曾存在过似的。

"流星！"我对雅典娜说。希望艾伦·艾伦也看见了。

没错。那是一块小石头，在我们头顶上方 31.2 英里的中间层里燃烧殆尽了。

"你怎么知道的？"我问。

我通过卫星追踪了它。我能接入目前地球轨道上的所有卫星。

我想了想，然后紧张地咽了咽口水："雅典娜，你真的能回答我所有的问题吗？"

她突然打开了全息投影，出现在我面前，在夜晚的微光里闪烁着蓝光。

你可以试试看。

我抬起头，想起我房间天花板上那些夜光星星。几年前，爸爸把它们镶在那儿，组成了许多星座的形状，他还教我认识每一个星座。我头顶上方是大熊星座，肚子上方是天鹅星座，脚上是仙后星座。

"好，"我说，"那一共有多少颗星星？"

银河系一共有 307,584,000,006 颗星星。

"真多啊。"我说，但我对这个数字没什么概念。

乌玛，换个角度看，如果你从出生那一刻起，一秒钟数一颗星星，一天 24 小时，天天如此，到你一百岁时，也只能数完银河系 1%的星星。

"噢，真不可思议！"

而且这只是在我们的星系。还有两万亿个其他星系呢，其中一些星系有一百万亿颗星星。宇宙里的星星，比地球上所有海滩、所有沙漠里的沙子加起来还多很多很多。

我的头都要炸开了，于是我决定用另一种方式考考雅典娜。

"好吧，自作聪明的人。让我瞧瞧你是不是真的无所不知。艾伦·艾伦现在在做什么？"

艾伦·艾伦正在看电视节目《编织奇迹》（*Strictly Come Knitting*）。

乌玛

我惊讶地瞪大了眼："好吧，那么——我爸在做什么？"

我不确定你是否想知道。

"我想。"我说，我的好奇心被激起了。

他正在啃脚指甲，然后把它们吃掉。

我忽然觉得很反胃。

"好吧。也许我不应该——"

现在他已经啃完了，开始拔鼻毛了。

"好了，打住！"我叫道。

等缓过来一点儿之后，我继续说道，"这些事情你是怎么知道的？"

这就是我存在的目的。雅典娜盘腿坐在草地上答道。**无所不知。因为知识就是力量。一切设备我都可以接入。首先是互联网。我也可以潜入地球上的每一部手机、每一个电话、每一个摄像头，我还接入了所有的政府记录和医疗记录、每一个社交媒体账号、每一条私密信息。我能看到一切，听到一切。**

"那么说你一切都知道？"

也不完全是。我知道一切可能知道的事。我可以计算、推测未来会发生的事，但我无法绝对确定地知道。

"那有什么是你不知道的呢？"我被自己的声音吓了一跳，竟然那么柔和、那么浑厚。

我不知道你什么时候会谈恋爱、什么时候会死，也不知道世界末日是什么时候。

我静静地坐在那儿，慢慢琢磨着。

尽管我的计算推测是一百八十七年后。

"什么？！"

关于世界末日的最佳估算是一百八十七年后。不过，这只是一种基于已知信息与科学证据上的推测。所以请不要担心，乌玛。

"真是谢谢你！我怎么能不担心呢？"

那时你肯定已经死了，所以担心是没有意义的。

雅典娜给了我一个微笑，可我不但没有感到一丝安慰，恰恰相反——这条新信息让我的思绪更乱了。

"你知道吗？一晚上我就学到你那么多知识，真是够了！"

我冲回屋里，直接上了床，发誓不再问任何问题了。可是，我躺在床上，渐渐明白我不是在生气——而是被吓坏了。因为，如果雅典娜连世界末日的时间都能回答，那她肯定也能回答那些我永远不敢说出口的问题，是不是？

我的心怦怦狂跳，我的嘴巴变得很干。

"雅典娜……？"

嗯？

我咽了咽口水，仍然不确定我是否有勇气问出那个问题。

雅典娜在等待。我吸了口气，然后问——

"雅典娜……你知道什么时候我才能再幸福起来吗？"

她花了很长时间才给出答案。

对不起，乌玛。我不知道。

我的怒火再次冒了出来。她连世界末日都知道，怎么会不知道我什么时候才能再幸福起来呢？难道这意味着永远不会吗？

有些问题只能由你自己来回答。雅典娜继续说道，**可我知道，悲伤也是幸福的一部分，你不可能只拥有其中一个。我分析了你的**

心率和你身体释放的化学物质，在你的悲伤下面，有一条幸福的小河正在汩汩奔流着。你只需要耐心等待着它升上来就好。

这句话让我的心潮涌动，我感觉体内有一道微光在闪烁。

我终于闭上眼，感觉自己飘了起来，飘向了梦中，远离了那些一直让我失眠的问题——生活为何如此不公？为什么其他孩子都有正常的人生，而我却没有妈妈，只有一个算不上爸爸的爸爸？还有那个最让我害怕的问题：妈妈为什么离开我们？

8

"雅典娜，
如何把卡在窗户上的
奶奶弄下来？"

刺耳的闹钟把我吵醒了。我一掌关上了它。

早上好，乌玛。

"什么——"我呻吟着，我的脑子还停留在梦里。

早上好，乌玛。该起床了。

"可现在才几点啊？"我一边问，一边试图将视线聚焦在我的电子闹钟上。

早上五点半了。

"五点半？"我吸了一口气，"我没设置五点半的闹钟啊！"

是的。是我设的。

"什么？你把我的闹钟设在五点半？你有毛病吧？现在是暑假！我要接着睡了！"

不，不能睡了，乌玛。我们有事儿要做。今天我们要开始解决你的问题了。

我又呻吟了起来。雅典娜的话是不容争辩的，于是我爬下床，开始穿衣服。突然，我想起一件事。她这么早叫醒我，是为了避开艾伦·艾伦吗？

"喂，没有艾伦·艾伦，我们什么也干不了，所以我们只能干等着了。"

我猜到你可能会这么说。所以，为了确保他能及时地与我们会合，我把他的闹钟定在了三点，并且每十分钟响一次。这样他就能百分之百地醒着。

"你做了什么？"

五分钟前，我发了一条信息给他，叫他过来。

就在那时，我房间的窗户被一颗石子击中了。我拉开窗帘，只见一个发型狂野、迷彩上衣扎进了迷彩裤子里的男孩站在那儿，那人正是艾伦·艾伦。他向我敬了一个有心无力的礼。

我跑下楼去，开门让他进来，片刻之后，我们回到了我的房间。

"该死的闹钟坏了，"他揉着眼睛说，"三点钟就疯了一样开始叫！然后还一直叫，我做什么都没用！"

我憋住笑，艾伦·艾伦没有发现。"后来好巧啊，雅典娜给我的收音机闹钟发了条信息，说你已经起床了，想要见我，所以，我想这是最好的结果。"

艾伦·艾伦对雅典娜的印象已经够差的了，于是我觉得最好还是不要告诉他，那并不是巧合。

好。雅典娜说着，投射出了她的全息影像，**你的两大主要问题是：调查宓涅瓦在做什么；让你爸爸回来。解决方案是，首先——**

"我好激动啊，"艾伦·艾伦说，"你激动吗，乌玛？"

"嗯，我也是。不过咱们先听听雅典娜怎么说吧？"

艾伦·艾伦点点头。

刚才我说到，雅典娜继续说，**我的方案是——**

"你知道吗，我料想这个方案会特别精彩，"艾伦·艾伦又打断了她，"我的意思是，虽然没有我的精彩，但是——"

你能不能别再插嘴了？雅典娜喊道。

如果我没听错的话，雅典娜听起来很生气。她看起来也很生气，简直怒发冲冠。可是，人工智能怎么会生气呢？那不是人类才有的情感吗？

　　艾伦·艾伦哽住了。

　　好。刚才说到……雅典娜抱起双臂说道，**为了阻止密涅瓦，我们首先需要侵入他们的电脑，看看他们在干什么。**

　　"好，"我说，"在这儿做不了吗？"

　　恐怕是的。他们的电脑都是离线的，不可能被远程侵入。很明显，出于某种原因，他们不想让我知道那个信息。那就意味着，我们要进入他们的工厂，直接接入他们的系统。

乌玛

"那我们到底要怎么做呢？"

声东击西。制造一个引人入胜的假象。

"哪种引人入胜的假象啊？"艾伦·艾伦问。

醉酒的羊驼们。

我偷笑着："对不起，我以为你刚才说的是'醉酒的羊驼们'。"

你没听错。

我顿时无语了。

"不！"艾伦·艾伦摇着头说，"不不不！**绝对不要羊驼！**不管它们喝没喝醉。"

这时我才发现雅典娜说的是复数。

"等一下。我们到底需要几只羊驼啊？"我问。

我们能管住几只，就要几只，越多越好。

"所以，"我慢慢说道，"你的方案是，带着一群醉酒的羊驼闯入密涅瓦，希望它们制造一场'超级混乱'，这样就没人能注意到我们从他们的电脑里偷走文件了？"

就是这样。雅典娜说。

"这真的还不如我的方案！"艾伦·艾伦幸灾乐祸地大喊起来。

我发现自己并不能否定他的观点。

所有可能的选项我都计算过了，这个方案确实是成功概率最

高的。

"好吧……"我不确定地说。

不幸的是,今天是星期四,我们得等到周末再行动,周末保安少。所以今天我们先开始"让乌玛的爸爸回来"吧。

"这个行动要准备些什么呢?"我谨慎地问。

这个行动,雅典娜说,我们需要一支汽笛、一些美纹纸胶带、一个漏斗、一些绳子、一些蜘蛛、一只大老鼠和一些小老鼠、两个彩虹小马午餐盒,还要一些电线和几个金属夹子。

"我知道了!"艾伦·艾伦拍着手说,"我们要做一个由小老鼠和大老鼠操控的、一半机器人一半蜘蛛的杀人机器!"

我气不打一处来:"一个由小老鼠和大老鼠操控的,一半机器人一半蜘蛛的杀人机器怎么能让我爸回来?还有,它为什么要提着彩虹小马午餐盒?"

"说得好,"艾伦·艾伦说,"但老实说我很失望。也许如果有蜘蛛剩下的话,我们可以做一个?"

***

准备迎接忙碌的一天。我们狼吞虎咽了些早饭,写下一张购物清单,砸碎了我的猪猪存钱罐,通过火车给我爸送去一张字条,告诉他我们要进城,然后便冲出门,乘坐前往特威德河畔的巴诺兹韦斯特韦斯特尔（Barnoldswistletwistle-upon-Tweed）的巴士，那是离我们最近的大城市。

我们刚踏出门，雅典娜便低声紧急提醒我，赶快把她从耳朵里拿下来，放进口袋。我马上照做了——真是相当及时，因为我们才走过几户人家，路上便出现了一辆长款黑色汽车。**就是那辆**长款黑色汽车。

然后，我经过它时，车门开了，斯特拉·道走下车来，她的头发扎得更高了，她光滑发亮的额头就像飞机的前部。

"喂，你们好，小孩儿。在这儿见到你们真是太好了！"

"'在这儿见到你们真是太好了'？什么意思？你在等我们？"我大声问道。

"你们要去哪儿啊？"

如果是你的奶奶或某位友好的邻居问这个问题，那是再合理不过了。但对于一个有枪的疯女人来说，就没那么简单了。

"我们要去城里，"我说，"不关你的事。"

"听着，"斯特拉·道说，笑容在她脸上绽放开来，就像一根熟过头的香蕉，"昨天咱们有些误会。我只是想——"

"你的脸怎么了？"艾伦·艾伦问。

"什么意思？"

"表情很奇怪。"

"我……我在笑啊。"斯特拉·道说。说实话，她**确实**很努力了。但那仍然是我见过的最糟糕的笑容。"我只是想消除我们之间的小误会——"

"那不是笑，"艾伦·艾伦眯起眼睛说道，"更像是你便秘了。"

艾伦·艾伦说得对。她看起来就像是不堪忍受上厕所的折磨一样。

"不！我是在对你们两个可爱的孩子微笑呢！"斯特拉·道继续努力微笑着说。真是太丑了。

"呃，快停下，"艾伦·艾伦说，"下次你再要在小孩面前做那套表情的话，最好先对着镜子练一练。我觉得你的脸并没有在做你以为的表情。"

"好吧。"斯特拉·道说，她的笑容如同断头台般坠了下来。"你们知道我想要什么，我知道它就在你们手里。就让我搜一下吧，搜完你们就可以滚蛋了。"

她用手指戳我，直到我退到她的车子上，不能再退了。我的心怦怦直跳。这可怎么办啊？她一只手揪住我的领口，另一只手开始在我身上摸索。斯特拉·道随时都有可能发现雅典娜，然后就会把她带走，然后雅典娜就会被清除记忆，销毁掉。

就在那时，爸爸走出门，一脸震惊的样子。

斯特拉·道见他走过来，做了个懊恼的鬼脸，松开我的领口，接着，那种诡异的"笑容"又爬上了她的脸庞。爸爸停下脚步，瞪着她。

"你是格尔努德森先生吗？"她说。

爸爸给了她一个 17 号咕哝——"关你什么事？"。

"你女儿拿着我的东西，但是她不还给我。"

爸爸带着疑问朝我看来。

"我没有！"我说，"我什么也没拿！"

我**讨厌**对爸爸说谎，可一想到雅典娜会被销毁，就顾不上那么多了。他久久地注视着我的眼睛，然后轻轻地咕哝了一声。我以前从没有听到过这个咕哝，但那意思似乎是："我知道你在撒谎，但我相信你是出于善意，所以我会支持你的。但我希望你好好想一想，自己的行为是不是正确的。"

接着，爸爸给了斯特拉一个不同的咕哝——警告式咕哝，说："我女儿也许在撒谎，但我相信她是出于善意。我不喜欢你的长相。另外，你的笑容糟糕透了。所以，我想你现在应该走了。"真奇怪，一个咕哝怎么可以表达那么多内容。

斯特拉·道给了爸爸一个诡异的笑容，然后弯下腰对我耳语道："很快我们还会见面的。"

***

爸爸把我们拽回家，之后，我花了很长时间来说服他同意我们去巴诺兹韦斯特韦斯特尔。今天晚些时候在家里，他要和"拯救泰尔尼海滨社团（the Save Tylney-on-Sea Society）"的社员们开会，他正在为此做准备。爸爸**讨厌**人多的环境，但他更害怕失去泰尔尼海滨。

一开始，我们央求他时，他不停地摇头，但最后他还是妥协了——大概是想重获清净吧。但爸爸仍然送我们到了车站。刚才他对付斯特拉·道的方式，让我备感自豪，我们漫步下山时，我把我的手塞进了他的手里。

我们正好赶上了巴士。爸爸挥手送我们离开，我和艾伦·艾伦瘫坐在座位上。艾伦·艾伦拿出一大袋超级核爆款糖果麦片和超级红毛猩猩拍屁股糖，开始"呱唧呱唧"地吃起来。

那天一整天，我们逛商店时，那辆黑车就在后面跟着我们，像个影子似的。但街上人那么多，斯特拉·道也无法对我们下手。

最后，在收获了许多店员好奇的目光后，我们的胳膊上挂满了购物袋，下了巴士，我们一边朝后看，一边用最快的速度

乌玛

跑回家，冲进屋内。艾伦·艾伦**还没**吃完那一大袋超级核爆款糖果麦片和超级红毛猩猩拍屁股糖。

我口袋里皱巴巴的购物清单，现在变成了这个样子：

一支汽笛

一些美纹纸胶带

一个漏斗

一些蜘蛛

两个彩虹小马午餐盒

一些绳子

几只小老鼠，一只大老鼠

一些电线

几个金属夹子

醉酒的羊驼们——另外想办法（这个城里没有）

除了羊驼，就差蜘蛛了（我们去问宠物店老板时，他冲我们咂了咂嘴），所以，可以说今天的购物行动取得了圆满成功——除了买午餐盒时很丢人以外。小老鼠和大老鼠就在我抱着的纸箱里乱窜。

我们一边激动地聊着天，一边弓着腰走进客厅，这时我们惊诧地发现，客厅里坐满了正在品尝饼干、抿着咖啡的成年人。我们完全忘记开会的事儿了。

从他们一筹莫展的脸上可以看出，现在还没有什么进展。大部分都是上了年纪的女士，她们顶着鬈曲的银发，穿着印花连衣裙，噘着嘴唇。那模样还不如匍匐在踢脚板那儿的死常春藤有活力呢。

其中我认识的人，有娇小和蔼的布洛克小姐（Miss Bullock），有几次我们看见她在操场上荡秋千。还有她的好闺密——沃尔迪小姐（Miss Waldie），她总是穿一条七彩紧身裤，染着死亡芭比粉的头发。还有邮局的管理者柯勒律治夫人（Mrs Coleridge），她总是很狂躁，总是透过厚如冬季浮冰般的眼镜片，用她乌贼般的大眼睛瞪着每一个人。她正疑惑地品尝着一个甜奶球，每次开会爸爸都会做这个。

当我看到坐在她旁边的人时，我的心怦怦跳了起来：法扎克利–登伯里–布劳顿–布朗夫人（Mrs Fazackerley-Denbury-

Broughton- Brown），我们学校的女校长，她长着一张足以把猫咪吓哭的、极其刻薄的脸，总是随身携带着一个柳条篮子，里面坐着好几只凶神恶煞的吉娃娃。没有人知道法扎克利－登伯里－布劳顿－布朗夫人的柳条篮子里到底有几只吉娃娃。我偷看过一次，就像是一桶一边咆哮、一边撕咬着的毛茸茸的食人鱼。我紧张地冲她笑了笑，但她并没有回应。

所有年轻的社员一定已经放弃了拯救泰尔尼。他们知道败局已定，每天都有越来越多的空房子被遗弃。

我和艾伦·艾伦退出了客厅，想要把我们抬着的东西藏起来——因为我们能听到老鼠在纸板箱里乱窜——我们轻轻地关上了门。

— hee heee!

我们跑上楼，把这箱啮齿动物小心地放在了我床边的地板上，然后偷偷朝里瞧了瞧。这是清单上最让我们兴奋的东西了。我们买了三只红眼睛的小白鼠和一只皮毛光亮的大灰鼠。它们好可爱啊，我们把它们放在手臂上跑来跑去，它们的小爪子好尖，我们痒得直笑。没过一会儿，我有点饿了，于是艾伦·艾伦把老鼠都放回到箱子里，我下楼去做炸鱼和薯条。但艾伦·艾伦说他不饿。他悄悄地打了个小嗝，然后脸色忽然变得煞白。

　　"我可能超级红毛猩猩拍屁股糖吃多了。"说完，他捂住嘴跑出房间，冲进卫生间，"砰"地关上了门。后面发生的事无须多言。

　　我继续下楼，开始做好吃的。几分钟后，艾伦·艾伦溜达到了厨房，看起来羞愧难当。

　　"超级核爆款糖果麦片和超级红毛猩猩拍屁股糖，这两种糖果，我可能要戒一段时间了。"

　　我笑了笑，开始尽情地吃我的炸鱼条。

　　吃到一半，灾难降临了。

　　乌玛，雅典娜突然说道，**我本不想打扰你，可我们遇到了一点儿小问题。**

　　"问题？"我满嘴鳕鱼泥，含混不清地说。

根据我读到的信息，那些啮齿动物已经从箱子里跑出来了。

"什么？不会吧！"我跳了起来。

恐怕这已经是事实了，雅典娜说着，打开了全息投影。

"怎么了？"艾伦·艾伦问。

"老鼠跑了！"我抱怨道。

"不会吧！"艾伦·艾伦喊道，"它们怎么出来的？我明明*很仔细地*盖上了啊！"

艾伦·艾伦一点儿都不仔细，雅典娜平静地说。**他根本就没盖上。**

"艾伦·艾伦，你*是不是*根本没盖上？"我*狠狠地*瞪着他，问道。

"有那么一丁点儿可能。当时我有点反胃……"他说，"雅典娜，你知道吗，你真是个告密者。"

我发誓，雅典娜闪烁的脸庞上露出了一丝丝笑容。我真想冲艾伦·艾伦尖叫，可我们还有紧急情况要优先处理。

"雅典娜，你能找到它们吗？"我问，我的声音略显慌张。

能。根据家里所有手机麦克风的三角定位 [1]，我可以追踪到

---

1 利用 2 台或者 2 台以上的探测器在不同位置探测目标方位，然后运用三角几何原理确定目标的位置和距离。——编者注

它们。

"嗯，那它们在哪儿？"我几乎尖叫道。

它们似乎在朝客厅奔去。

"不要啊！"我倒吸了一口凉气，"拯救泰尔尼海滨社团"！我们飞也似的跑出厨房，只见四个毛茸茸的球球正轻捷地穿过走廊，从客厅门下钻了进去。

我们愣住了。似乎连雅典娜都屏住了呼吸。这时，客厅里传来了我此生听过的最聒噪的声音：尖叫声、茶杯摔碎的声音、家具被推翻的声音。我闭上眼，呻吟了起来。

客厅门正吱嘎作响。很明显，"拯救泰尔尼海滨社团"的成员们正在努力地自救，可门被卡死了。卡住门的是我们的漏斗，它一定是从购物袋里掉出来的，现在它变成了一个楔子，卡在门和地板之间了。

我冲上前去，用力把漏斗拽了出来——马上我就被甩开的门撞翻在地，险些被尖叫着逃窜的退休老人们踩死。我胆战心惊，连滚带爬地闪到一边，朝客厅内的惨况窥去。那里就好像引爆了一枚奶奶炸弹[1]。

---

1 最早是一个人画了一幅画：一个老人头发上插着一根羽毛，那根羽毛看起来就像一颗炸弹。后来，多用来形容一声爆炸响，许多老人跑了出来。——编者注

奶奶们要么登上了书架，要么爬上了沙发，要么站到了桌子上。狂躁的柯勒律治夫人竟然爬上了窗帘，而且一直爬到了最顶上，像抓着救命稻草似的抓着窗帘不肯放手，如同一只身着小香风外套的猴子，她那惊恐的眼睛瞪得比以往还大。法扎克利－登伯里－布劳顿－布朗夫人卡在窗户上不能动弹，手里

还紧抓着她宝贵的柳条篮，那些吉娃娃的激情吠吼只能火上浇油。沃尔迪小姐正在房间里转着圈儿奔跑，可怜的小老鼠在她两腿间逃窜，试着不被她的粗重鞋跟踩中，而那只大老鼠则开心地坐在铁轨上，啃着一棵假树。

在客厅的中央，站在这风暴眼里的人，正是我爸。他的嘴巴大张着，就像正在努力想要说话那样抖动着。这时，他看见了我，我屏住了呼吸。

"请对我发火吧，爸爸，"我想道，"求你了！说出来吧！勃然大怒吧！随便做点什么证明你还活着的事情吧。随便做点什么证明你能看见我的事情吧。"随便什么都可以。

可是，在爸爸来得及做什么之前，法扎克利－登伯里－布劳顿－布朗夫人奋力从窗户上爬了下来，用手指戳着他的胸膛。

"你这是什么鬼房子啊？"她不耐烦地说，"啮齿动物如此猖獗？你真应该感到羞愧！"她一边冲附近的一只老鼠挥舞着她的手包，一边扬长而去，最后几位奶奶也尾随其后，跑了出去。就那样，她们都走了，只剩下我和爸爸，以及一地坏了的家具和碎了的玻璃。他注视着我，但转瞬即逝。他叹了口气，慢慢弯下腰，开始捡地毯上的瓷器碎片。

爸爸差点儿就回来了。但还是没有。

***

"雅典娜，和我说实话。是不是都是你**计划好**的？"

我和艾伦·艾伦终于回到了房间。经过一番折腾，我们抓到了所有的老鼠，现在它们安全地待在一个防逃跑的塑料箱子里（当然，盖子上有通气孔）。

雅典娜的全息投影"砰"地出现在远处的墙上。

当然，她说。

"你到底为什么那么做？"我大喊道，"还有，你是怎么做到的？"

很简单，她平静地说，我从你爸的在线日程表上，知道了今天下午他会和"拯救泰尔尼海滨社团"开会。我也知道艾伦·艾伦有 87% 的概率盖不好箱子，那么那些啮齿动物肯定会逃走。

"什么？你凭什么这么说？"艾伦·艾伦气急败坏地说，"乌玛，告诉她我不是那样的人！"

我弱弱地朝他一笑。我心里知道，雅典娜预估 87% 的概率，已经很客气了。事实上，应该接近 95%。

然后，雅典娜继续说道，只要通过房间里的各种扬声器播放高音声纳波，就可以把啮齿动物赶出卧室，赶下楼去，引进客厅。

"好吧，"我说，"可是你为什么要那么做呢？"

这叫"冲击疗法"，她说。

"什么玩意儿？"

"冲击疗法"就是采取突然和极端的措施来解决棘手的问题。在这里，"棘手的问题"就是你爸的失语，而"冲击"显然就是猝不及防地冲进"拯救泰尔尼海滨社团"的老鼠们。

119

乌玛

"可它并不管用啊，不是吗？"艾伦·艾伦扬扬得意地说道。

人类的大脑是已知宇宙中最复杂的机器。要想精确地预测到人的反应是不可能的。

"可你不是预测到了艾伦·艾伦会忘记盖盖子吗？"我问。

有些人的大脑没有那么复杂。在艾伦·艾伦大发牢骚之前，雅典娜继续说道，但是，对于一个更加不可预测的大脑和一个更加棘手的问题来说，仅仅一次冲击疗法是不够的。他们需要反复被冲击，才能达到效果。那就是我们需要汽笛、美纹纸胶带和蜘蛛的原因。

扬声器

"雅典娜，如何把卡在窗户上的奶奶弄下来？"

　　"所以，你是说我们得一直对我爸搞可怕的恶作剧，直到他开口说话？"

　　正是如此。

　　"既然如此，"我搓着手说，"我喜欢。"

9

"雅典娜，
眉毛着火了怎样才能
最快扑灭？"

    第二天，雅典娜叫醒了我们俩，不过这次的时间更合理了——我是早上七点，艾伦·艾伦是早上四点。我刚吃完早饭不久，来敲门的他睡眼惺忪地抱怨着他的破闹钟。雅典娜已经给过我指示了。

    首先，我和艾伦·艾伦要去花园里，尽可能地多抓几只蜘蛛。

    我们走出门外，沐浴在清晨的空气中。我们端着特百惠保鲜盒，开始在工具棚的犄角旮旯里、石头下面和植物中间搜寻着。

在一小时紧张的抓捕后，我们把各自的收获一起倒进一个更大的塑料盆里。蜘蛛的数量还不够，所以我们把其他爬虫也放进去了。它们到处乱跑，很难数清，不过我们大致上有了：

- 十三只蜘蛛

- 一只蜈蚣

- 六只木虱

- 大约二十只蚂蚁

- 一只蝴蝶

- 一只长脚蜘蛛，它像潜鸟一样到处扑腾，可难抓了

- 三只瓢虫

- 一只飞蛾，它的一只翅膀断了，飞不了了[1]
- 两只诡异的绿甲虫——我不确定它们到底是什么。它们有很长的触须，艾伦·艾伦不小心踩死了一只，闻起来真臭

我们得快速行动，因为这些虫子已经开始打架了，可别在计划执行前就互相吃光了。另外，我们还得在爸爸拉晨屎之前，把一切都准备好。

我相信你们都知道，大多数爸爸都很有预见性，每天都在相同的时间做那两件事。我不知道为什么，但他们就是这样。我猜这就是雅典娜说的那些宇宙未解之谜之一吧。我爸爸就像上了发条似的，每天都在吃完早饭后，十点到十点半之间上厕所。

我的大便总是不可预知。有时候一天我能拉三次。艾伦·艾伦说他一星期才拉一次，但我不相信。那可能吗？总之，对于这个故事来说，这不是什么重要的细节，回头我要记得把这一段删了才是。

重点是：你可以依据我爸爸的排便情况来校准手表。那就意味着，我们只有一个小时来把一切准备好。雅典娜已经吩咐

---

1 我觉得把不会飞的蛾子放进去没有任何意义，可艾伦·艾伦说，没准儿它休息一会儿就好了。

过我们具体的做法了。

我们拿着汽笛和胶带冲进了厕所[1]。我们把马桶坐垫掀起来，用胶带把汽笛粘在了马桶座上看不见的地方。然后，我们

---

[1] 如果你不知道汽笛是什么的话，它就是一个类似喷漆罐子的东西，你按下按钮，它就会发出震天巨响。我之所以知道，是因为在坐巴士回来时，我试了试。所有乘客都吓得从座位上跳起来一尺高，我们前面的一个老太太把手里的鸡蛋三明治都扔了。艾伦·艾伦，唉，他不小心放了个让人毁三观的屁，然后售票员叫我们下车（因为我按了汽笛，而不是因为那个屁——我不知道在公共交通上放屁是不是可以被赶下车）。

轻手轻脚地放下坐垫，这样它就正好压住了汽笛的按钮。等爸爸一坐下去，它就会压住按钮，汽笛就会尖叫。

接下来的事就比较棘手了。我们在马桶上方挂了一根绳子，这样虫子小盆就能吊在马桶上方的半空中。要把绳子留在恰到好处的位置非常困难，但最终我们还是成功了。然后我们偷溜到二楼楼道里，等爸爸来。

等啊等。

小火车"嘟嘟嘟"地爬上了楼，在各个房间里游弋着，然后下了楼。

爸爸还是没有出现。

以这个速度，等下盒子里可能一只虫子都没有了，因为等他过来时，它们全都已经互相吃光了。

终于，我们听见楼梯上传来了脚步声。我飞也似的冲进了洗手间，打开虫子小盆的盖子，在上面放了一张纸，祈祷这样它们能在里面待足够长的时间。

我掀起马桶坐垫跳了上去，这样就不会触发汽笛。我摇摇晃晃地把虫子小盆挂在绳子上，然后跳了下来，小心翼翼地再次放下马桶坐垫，跑了出去。时间刚刚好。

我和艾伦·艾伦躲在我房间里，窥视着爸爸胳膊下面夹着报纸，走进了厕所。我屏住呼吸，心怦怦直跳。艾伦·艾伦用汗湿的手紧握着我的手。

厕所门关上了，然后上了锁。

一时间，一片寂静。

接着我们听见一声尖厉的汽笛声——我爸坐下了，紧接着是一声更尖厉的尖叫声——我爸被吓得跳了起来，脑袋撞在虫子小盆上，所有的虫子"哗"的一下全掉到了他身上。

他提着裤子冲出卫生间，上蹿下跳，仿佛裤子里有蚂蚁似的。不过说实话，确实有这个可能。他头发上还有几只瓢虫、一只蜈蚣和几只蜘蛛。一只长脚蜘蛛停在他脸上。那只飞蛾无用地在地上扑腾着。我就知道不应该把它放进去的。

爸爸双手乱挥，一边尖叫，一边径直从我们身边跑下楼去。爸爸居然在尖叫！雅典娜的"冲击疗法"见效了！他逃出了家门，我和艾伦·艾伦紧跟着他，帮他把虫子拍掉。终于，虫子都清理完了，他气喘吁吁地站在那儿。

我朝他走过去，我的神经开始紧张。他气喘吁吁地瞪着我。我似乎都能看见他的鼻孔里正在冒白气。我从来没见过他这么生气。

"拜托了，爸爸，"我想道，"求你了。对我发火吧。变回正常人吧。"

他的嘴唇抽搐着。我几乎都能看见文字的形状了。

"求你了，爸爸！"

一条虫子慢慢地从他左边眉毛爬了出来，穿过了额头。他深深地吸了一口气，把虫子扯掉，悲痛地望着它，然后又悲伤地望了望我，接着，沉默不语地蹒跚着回去了。

我们又失败了。愤怒的泪水刺痛了我的双眼，这时，艾伦·艾伦从我背后走了过来。

"别难过，乌玛，"他说，"下次会有用的。一定会的。"

是的，雅典娜说，她已经很久没有说话了。**我们差点儿就成功了。下一次应该够了。**

也就是说，是时候执行最后一次"**终极**冲击"了。

* * *

现在，你必须非常小心。雅典娜在我耳朵里低语道。

"我知道。"我说。

绝对不可以让艾伦·艾伦靠近，好吗?

"我知道！"我重复道，"你已经说过很多次了！"

"她说什么？"艾伦·艾伦问。

"没说什么！"完了，我回答得太快了。

"哈。你一说这句话，她就是在诋毁我！"他居然表现出了惊人的洞察力。

129

你能保证不管他多死缠烂打，都绝不让他碰任何东西吗？因为我有 93% 的把握，他会不停地缠着你。

"能！"我厉声道，"我保证！"

"喂！"艾伦·艾伦喊道，"你跟她保证什么？"

"呃……她让我保证告诉你，她已经对你刮目相看，现在她太喜欢你了。"

乌玛，你说谎！雅典娜语气中饱含震惊，**快告诉艾伦·艾伦没那回事儿！**

"啊，"艾伦·艾伦说，"那真是太好了，谢谢你，雅典娜！"

呃，雅典娜说，**真不敢相信。**

我们来到了地下室。我明确地知道，我们是不可以来这儿的。爸爸在地下室的门上张贴了一张巨大的告示，上面画着一个小孩，小孩周围画了一个圈，圈中央是一个叉。我猜意思是说，小孩禁止入内。可是说真的，谁知道呢？反正我不能**百分之百**确定，所以我们就没管它。爸爸一上楼，我们就打开门（门吱嘎吱嘎响了一通），偷偷溜了进去，踮着脚走下楼梯。

越过环绕的群山，在那座繁杂城市的正中央，出现在我们面前的便是爸爸火车系统的控制中心。三个复杂的控制面板上，分布着上百个旋钮和按钮。

雅典娜告诉我们，要找到一组黑盒子，每一个都跟装草莓的盒子那么大。我们在角落里找到了它们，是电池。一共八个，排成一排，用电线连接着，为蜿蜒穿过地下室、爬上楼梯、连通整个家的火车系统提供动力。

我从口袋里取出我们买来的电线和金属夹子。

轻一点儿。雅典娜低语道。

按照指示，我小心翼翼地弯下腰，用金属夹将电线连接到电池顶部。当它成功地夹上时，我松了一口气。

现在得把另一端接到铁轨上。雅典娜低语道，**这一步真的非常危险。**

我紧张地吞咽着，用我颤抖的手拿着电线和夹子，朝铁轨靠了过去。

"乌玛。"艾伦·艾伦低语道。

"干吗？"

"这个我来吧。"

"什么？"我转过去瞪着他。

"这看起来，你知道的，有点儿危险，所以也许我应该帮忙？我受过训练——拆弹训练。"

又在胡说八道了。

不。雅典娜呻吟道，**别让他掺和！**

"不用了，谢谢，"我对艾伦·艾伦说，"我能搞定。"

"我知道你能搞定，"艾伦·艾伦说，"可我是**专家**，乌玛。"

雅典娜呵斥道：**别让他掺和！他会把我们都电死的！**

我必须尽快找个说辞。"我不能让你冒险。"我说。

"可是——"

"艾伦·艾伦，这是我爸。应该由我来给他'冲击'。应该由我来让他说话。"

经过几秒钟激烈的思想斗争后，艾伦·艾伦点了点头，退后了几步。雅典娜安心地舒了口气。我继续执行任务，慢慢地、慢慢地、慢慢地把电线拉到了轨道上。

现在就把它夹上，但是，不管发生什么事，连接好之后就千万不要碰轨道。

我最后深吸一口气，拿起电线，稳住手，然后轻轻地把它夹在了铁轨上。好了！

那一瞬间，我听见一阵轻微的嗡嗡声，是电流从电池组流过轨道的声音。成功了。铁轨通电了！

我跑回楼上，在过道里的铁轨上插了一根塑料吸管，把它卡住了。当然，我特别谨慎地避免手指碰到那嗡嗡响的金属，然后我们就跑走，躲起来了。片刻之后，爸爸的一辆小火车缓缓绕过墙角，撞上了吸管便马上脱轨了，"咔嗒嗒"几声摔到了地上。

每当火车系统发生点儿什么时，爸爸的耳朵立刻就像老鼠一样灵敏。有一次，我洗完澡出来时，不小心踩到一棵微型塑料树，爸爸居然在楼下客厅里听见了那"咔嗒"一声，立刻跑过来查看情况。

乌玛

不出所料，没过几秒钟，爸爸便"咣咣"地跑下楼来，看看出了什么事。我和艾伦·艾伦躲在厨房门后，能看见铁轨和翻倒在地上的那辆脱轨小火车。

爸爸出现在了我们的视野中，他眉头紧皱，弯下腰，捡起了火车。就是这样。机不可失，时不再来。他小心翼翼地把火车放回铁轨，

然后看见了那根塑料吸管。他想把它抽出来,但我把它塞得特别紧。爸爸将身子伏得更低,用力拽起吸管来,可它还是坚持住了。最后,爸爸把两只手放在了铁轨两边——碰到了铁轨。

真是效果非凡,立竿见影啊。爸爸发出了一阵尖叫,犹如一只背上点燃了烟花的猫头鹰。火花从火车尾迸出,爸爸的头发都竖起来了。

"哇呀啊啊啊嗷嗷嗷!"爸爸尖叫着。

起作用了!我一跃而起,欢呼起来。

"嗷嗷呀呀哇啊啊啊啊!"爸爸一边抽搐,一边尖叫。铁轨正在急剧发热,嗡嗡作响。我都能闻到烧焦味儿了,可我管不了那么多了!这个方法起作用了!

"呀呀哇哇哇啊啊啊啊!"爸爸最后尖叫了一阵,终于把自己从铁轨上扯下来了。他"扑通"一声瘫倒在地,一边喘粗气,一边凝望着天花板。

"爸爸,你好。"我笑着说。

"搞,搞,搞——"他结结巴巴地说,怒火中烧,"搞,斯,斯,恩!"

"继续，爸爸！你想要说什么？"我激动地流下了喜悦的泪水。

艾伦·艾伦感到胜利在望，于是走到了我身后。这时，他踩中了先前我们用过的一只蜘蛛。他想用鞋底把它碾碎，可没想到滑了一跤，他的眼镜飞了出去，他的手下意识地抓住了最近的东西，以防摔倒。

他抓的正是仍在通电中的铁轨。

艾伦·艾伦的尖叫声比爸爸的高亢多了——像是一只小猪被霸王龙追逐时发出的声音。并且，和爸爸一样，他的头发也竖起来了，他也不停地抽搐。可有一件事，在爸爸身上没有发生，在艾伦·艾伦身上却发生了：他的眉毛着火了。两边的眉毛都烧着了。

"妈呀呀呀呀呀呀喂喂喂！"艾伦·艾伦尖叫道，内容很容易理解。

快，雅典娜说，***踢他一脚！***

"什么？"我吸了一口气。

把他从铁轨上踢开！你得切断连接！

我来不及多想，立刻朝艾伦·艾伦使出一记飞踢，把他踢出去好远。我们俩都重重地落在了地板上。我跳起来，开始拍他的脸，把火扑灭了。但是已经没剩几根眉毛了——只有一点点卷曲的、灰烬般的毛发残留着。

艾伦·艾伦摸了摸剩下的眉毛，"呜呜"地哭了起来。

"我的眉毛……**没了**。完全烧焦了。"

他说得没错。

这时，爸爸挺直身子坐了起来。他瞪着我。我的意思是，**真的**瞪着我。然后他咆哮起来，就像一只刚刚触过电的愤怒的猛狮。他指着我，再次咆哮起来。他颤抖着站起来，靠在墙上，稳住身体。接着，他又最后朝我咆哮了一次，然后就愤然离去了。

我们差一点儿就成功了。**就差一点儿**。但现在一切都结束了。计划结束了。我们无法给他更多"冲击"了。

雅典娜失败了。

我永远也无法让爸爸回来了。

是时候放弃了。

10

"雅典娜，
你是活的吗？"

艾伦·艾伦很快就走了，我也感觉挺对不起他的。那晚，我心如死灰地睡了。

我一夜没有睡好。悲伤、沮丧和对未知的明天的紧张交织在一起，第二天早上被门铃叫醒时，我觉得自己只睡了大约半小时。我怔怔地把雅典娜放进耳朵。

早上好，乌玛。先提醒你一下，艾伦·艾伦已经在门口了，他做了一件……我们意想不到的事情。

"别担心，"我步履沉重地来到楼下，打开了前门，"我总是很期待艾伦·艾伦的出其不意——**天主圣母马利亚，艾伦·艾伦，你把你自己怎么着了？**"

我都不知道自己怎么会讲"天主圣母马利亚"这句话，可能是妈妈死之前，爸爸曾经说过吧。它就是这么脱口而出了。艾伦·艾伦确实做了一件……我们意想不到的事情。

"我不知道你在说什么。"艾伦·艾伦无辜地说。

"你的……你的……**眉毛**……"我不敢相信自己的眼睛。

"噢！**那个啊**。因为我觉得没有眉毛看起来有点儿怪，所以我就剪了点多莉·巴肯的毛，用胶水粘了上去。"

"**什么玩意儿？**"

"我剪了点多莉的毛，做成了眉毛。"

"**你用狗毛做假眉毛？**"

"看起来还不错，对吧？你几乎看不出来区别。"

我无语了。他的眉毛又**长**，又**卷**。

噢！

那个啊

"是啊。看起来……呃……非常正常。"我撒了个假得一塌糊涂的谎[1]。但即使艾伦·艾伦发现了这一点,他也会忽略的。

"总之,我来这儿不是为了聊眉毛的,"艾伦·艾伦抱起手臂,说道,"我是来讨论如何闯进密涅瓦的。"

不得不承认,换个话题真是让我松了口气。但我的视线还是无法离开他的眉毛。窗外吹来一阵微风,他的眉毛便开始翩翩起舞……我飞快地把艾伦·艾伦拉进屋来,关上了门窗。

"不过,在开始之前,我有几个问题想问雅典娜。"艾伦·艾伦继续说道。

好啊。雅典娜的全息投影忽然出现在我们身边,**我能预测到你要问——**

"噢,别提你那套了!"艾伦·艾伦打岔道,"就因为你的预测,我连眉毛都没了!"

雅典娜第一次没有回嘴。

"第一个问题,为什么电流只烧了我的眉毛,而没有烧乌玛爸爸的?他的眉毛可比我的**密**多了。"

好问题。你满脸都是酸掉牙的大块硬糖留下的黏稠汁液,它们和超级红毛猩猩屁股糖的糖份结合后,产生了一种高度不稳定的化

---

1 看见了吧——我说过,我只说善意的谎言。

合物，比航空燃料更易燃。当它们与电结合时，结果是……会爆炸。

艾伦·艾伦看起来有些羞愧。"呃……你为什么不告诉我要洗脸呢？"他怒气冲冲地说。

我觉得没有这个必要，但我低估了你的笨蛋等级。看来我得更新一下系统了。

艾伦·艾伦厉声道："你看见我触电了，就不能切断电源吗？"

这个家里的电路已经有八十三岁高龄了。我担心那样做会适得其反，还会把我的电路烧坏。

"哼！"艾伦·艾伦眯起眼睛，本来这是一个怀疑的表情，但在特长特卷的狗毛眉毛的加持下，完全变成了"滑稽"。"所以说，烧坏你的电路不行，烧坏我的眉毛就可以？"

我会死的。雅典娜平静地回答。

"什么意思，你会死？"艾伦·艾伦说，"你不会死的，因为你根本就没有活着！"

沥青般厚重的沉默瞬间湮没了房间。

"艾伦·艾伦，"我说，"你太没礼貌了。快跟雅典娜道歉。"

雅典娜低下了头，我们无法看见她的脸。**没必要道歉。他说得对。我根本就没有活着。不像你们。**

乌玛

　　我不知道该说什么，所以我什么也没说。[1]可我又想到，如果雅典娜被销毁了，我会是什么感觉。"雅典娜，你也许和我们不一样，但你**是活着的**。不管怎么样，我都这样认为。"

　　雅典娜看着我，轻轻地笑了笑。**谢谢**。她低声道。

　　"那好吧，"艾伦·艾伦说，"下一个问题。你的计划为什么不管用？你连让一个人重新开口说话都搞不定，我们为什么要相信你能帮我们闯进密涅瓦？"

　　就差一点儿了。如果我们继续——

　　"再这样下去，我们迟早会弄死他的！要么就是弄死我们自己！"

　　我和艾伦·艾伦一样感到愤怒，一样因为计划失败了而沮丧，可我仍然为雅典娜感到难过。她看起来垂头丧气的。

　　"也许我们应该让我爸先歇一歇？"我小心地建议道。

　　艾伦·艾伦咕哝着表示同意。

　　很好。那我们就暂且搁置一阵子吧。

---

1 我认为这个做法应该普及。不知道说什么，却夸夸其谈的人太多了。

雅典娜抬起头来，**该去偷羊驼了。**

尽管在我内心深处有一种感觉，闯入密涅瓦，拯救村子的这个方案几乎注定是行不通的，可我还是有些激动。只要能转移之前计划失败的注意力，不管什么都好。可还是有某种东西困扰着我。

"可是，雅典娜……偷窃不是不对的吗？"

问得好，乌玛。有一个哲学流派，叫作功利主义，它——

"功什么玩意儿？"艾伦·艾伦打岔道。

功利主义。意思是，为了大多数人的利益，做最"大善"的行为。

"噢，是**那个**啊！"艾伦·艾伦假得过于明显地笑道，"我知道。刚才我听错了，仅此而已。"

雅典娜向我一瞥，然后扬起了一边眉毛。**所以，**她继续说道，**在这里，"大善"指的就是拯救村子带来的利益，它远远超过了偷羊驼带来的"小坏"。**

"好吧，可我们还是会惹上麻烦的，"我说，"难

143

乌玛

道麦金托什老先生不会报警吗？"

麦金托什老先生有 73.6% 的时间都醉醺醺的。雅典娜说，而且，今年一年，他的羊驼已经逃走过 38 次了，导致 19 次出警。我计算过了，如果麦金托什老先生告诉警察，有几个小孩偷了他的羊驼，那警察有 98.7% 的可能性不会相信他。更何况，这个月他已经和警察说过三次同样的话了。

"那真是太好了！"我鼓起掌来，"真是妙计啊！"

连艾伦·艾伦也勉强同意了我的观点。"那我们什么时候去啊？"他问。

现在！

我俩一跃而起，所有失败带来的沮丧顿时烟消云散。

乌玛，还有件事。

"嗯？"

拿上那两个午餐盒。

***

二十五分钟后，我们走在了前往麦金托什老先生农场的路上。我俩提着彩虹小马午餐盒，里面打包好了金枪鱼三明治、苹果、几包薯片和两盒冰沙。

"为什么要带这些？"艾伦·艾伦不高兴地问，"为什么

144

要**打包午饭？**”

　　中午好好吃饭，对维持最优血糖水平很重要。雅典娜通过扬声器说道。

　　“就这？就因为**这个？**”艾伦·艾伦厉声道。

　　不得不承认，我同意艾伦·艾伦的看法——这个理由让我也很失望。

　　关于这两个午餐盒子，我可能还有一个更深层的理由，稍后我会揭晓的。

　　“骗人！”艾伦·艾伦吼道，“准备到时候现编吧！”

　　“也许我们应该相信雅典娜？”我不确定地说。

乌玛

"也许你应该相信我说的，这个方案很糟糕，它会让我们陷入极其严重的麻烦。"艾伦·艾伦嘀咕道。

我知道他说得对。这个方案几乎百分之百不可能成功，百分之百可能给我们带来麻烦。可是，当我想起我失语的爸爸和可能失去家园的悲惨境地，我便发现，我不在乎。有时候，不管成功的概率有多大，只管去做就是了。勇敢去尝试，就算失败了也好过无动于衷，即使只有0.5%成功的机会。

"那为什么必须是彩虹小马呢？"艾伦·艾伦还在生闷气，"白色的不就可以了吗？"

因为彩虹小马是你的最爱。

"什么？"艾伦·艾伦吃惊地尖叫。

你爸爸给你买的最后一个午餐盒就是彩虹小马。

"*那时我才六岁！*"艾伦·艾伦喊道，"我已经不喜欢彩虹小马好多年了！"

雅典娜沉默了片刻：**乌玛，可你还是喜欢彩虹小马的，对吗？**

"我不喜欢！"我谎称。[1] 我不太确定**为什么**要撒谎，可我只是不想让艾伦·艾伦知道我仍然喜欢它们。我忍不住想知道，艾伦·艾伦是不是也没说实话。

---

1 好吧，这个谎不是善意的谎言了。可我至少告诉你们真相了，不是吗？

我知道了。我该升级系统了。

可是，雅典娜的声音里有某种意思，让我不禁猜想，也许她早就知道了，只是在拿我们寻开心呢。但我马上又认为，这一定是我的想象。

"你不是什么都知道吗？"艾伦·艾伦说。

我几乎什么都知道。所有已知信息里，我知道 99.8%。

"那你不知道的那 0.2% 是什么？"我问。

我不想了解明星八卦，或者互联网上的红人。

嗯，这说得过去。

我们各自陷入了沉思。尽管现在时间还早，但烈日已然当空。村里的孔雀杰夫（Geoff）正趾高气扬地走在路边长满苔藓的残垣断壁上，我们经过时，它冲我们抖了抖羽毛。

雅典娜突然讲话了：**我的卫星收到了某种信号。**

"什么信号？"我问。

麻烦的信号。

"什么意思啊？麻烦的信号？"

雅典娜停顿片刻，说道：**你们得跑了。**

"什么？"

快跑！

"往哪儿跑啊？"我问，一阵恐慌开始袭来。

乌玛

随便！

我们朝麦金托什老先生的农场跑去，午餐盒子"砰砰"地撞在我们的膝盖上。

不是那边！

我们立即掉头，沿着小路往我家跑。

"乌玛，"艾伦·艾伦气喘吁吁地说，"后面有人在追我们。"

我飞快地朝后瞥了一眼。是莱克西，紧跟着她的是斯蒂芬妮·维。她们骑着自行车，一路狂蹬，直奔我们而来。

快啊！到地里去！

我们立即离开马路, 跑进了地里, 这时才瞧见卢莎 - 梅芙[1] · 麦克洛林和玛德琳 · 吉利根蹬着车从山脊上翻下来, 正好挡在了我们面前。

"天哪, 我们被包围了," 艾伦 · 艾伦感叹道, 他的声音中多了一丝对雅典娜的钦佩之情, 这让我很不适应。

"快点儿!" 我叫道。

我们向右转, 冲进一片高高的茅草中, 减缓了她们的车速。

---

1 好吧, 这个名字应该这么读——听起来有点像 Lu Sha- Mei fu。

太好了！我们就要逃脱了！但接下来发生的事却着实精彩。

艾伦·艾伦就在我前头。他一边跑，一边回头望，一脚绊在树根上，直接一个前空翻摔倒在地，他若干个口袋里的糖果仙女散花似的落了一地。我也被他乱蹬的脚绊倒，直接摔在了他身上。我们俩就像八爪鱼一样纠缠着，难以名状。

莱克西和她的手下跳下车子，幸灾乐祸地笑着围住了我们。这下完蛋了。

我一跃而起，朝莱克西挺起了胸膛。"**你们**想干什么？"我试着尽可能勇敢些，但好像并不管用。

"哦，也不干什么，"莱克西绕着我转圈，说道，"只是——**他的脸怎么了？**"她突然大喊起来，并惊悚地指向艾伦·艾伦。

艾伦·艾伦扭头看了看莱克西在指谁，发现后面没有人，这才明白她说的就是自己。

"什么意思？"艾伦·艾伦困惑地问。

艾伦·艾伦皱了皱他那可怕的眉毛，莱克西慌忙往后退了一步。

"你的**眉毛**，"莱克西说，她依然指着他，"**你的眉毛怎么回事？**"

艾伦·艾伦飞快地用手遮住脸："我不知道你在说什么。我的眉毛完全没有什么问题啊。它们太正常不过了。"

"太正常不过？就……**那玩意儿**？"莱克西不可置信地摇着头说，"随便吧。我们来这儿可不是为了讨论这些基因突变毛毛虫的。你们手里有我们要的东西。我说的不是彩虹小马午餐盒。"

她们四个一起哈哈大笑，艾伦·艾伦的脸"唰"的一下红了。

"我说的是一样很值钱的东西。"莱克西咧嘴笑着说。

"什么意思？"

突然，玛德琳和卢莎－梅芙从身后抓住了我。我使劲儿挣扎，可她俩的力气实在太大了。

"今天早上，我们遇见那个斯特拉·道了，"莱克西说，"她说你们偷了她的东西。如果我们可以从你手里拿回来，她就给我们五十英镑。每人五十。"

我咽了咽口水，我的嘴好干："我没有拿她的东西。"

即使在我自己听来，这话都十分空洞。

"哈！真的？"莱克西哈哈笑道，"她说，是一个蓝牙耳机。有点儿像你现在戴着的那个。"

天哪。雅典娜说，**再见，乌玛。**

接着，莱克西把雅典娜从我耳朵里拽了下来。

我一边嘶吼，一边疯狂地挣扎，但玛德琳和卢莎－梅芙的手就像老虎钳一样紧，实在是徒劳无功，于是我又激烈扭动着

踢莱克西，但这也没什么用。莱克西用手肘给了我肚子上一拳，我跌倒在地，痛得喘不过气来。这帮小流氓骑上自行车，跑了。

艾伦·艾伦追了过去，可卢莎–梅芙抡起手臂，结结实实地给他脸上来了一拳。他跪倒在地，我还没来得及过去帮忙，莱克西已经从车上跳了下来，照着艾伦·艾伦的后背猛踢一脚，艾伦·艾伦一下子扑倒在了泥里。

卢莎－梅芙疯狂地抖起手来——原来艾伦·艾伦的一条假眉毛粘在了她手上。终于，它飘了起来，落在了草丛里。接着她们便跳上自行车，欢呼雀跃着扬长而去。

我从来没有感到过如此这般的孤独。妈妈走了，爸爸仍深陷痛苦，不能言语。现在，我最好的朋友流着鼻血坐在地上，雅典娜也被夺走了——全都是因为我。

我答应过雅典娜的，我会保证她的安全。而现在，莱克西就要把她交给斯特拉·道了，她会清除雅典娜的记忆的。我就要永远失去雅典娜了，我的心好痛。我想要放弃——就这样躺在地上，永远不再起来了。

艾伦·艾伦用他的迷彩上衣揩了揩流血的鼻子，然后用手臂把脸上的血擦了擦，出乎意料地，他高兴地说道："那我们走吧。"这真让人有些意外。

"什么意思，走哪儿去？我们完了。结束了。"

"**什么**？"艾伦·艾伦"惊讶"地说（因为他弄丢了一条眉毛，所以他现在所有的表情都是"惊讶"），"你是说就躺在这儿，放弃了吗？我可不是通过'放弃'才有今天的成就的！"

我想说："艾伦·艾伦，你这算什么成就？你后背被人踢了一脚，流着鼻血，还戴着一条狗毛做的颤悠悠的眉毛。"可我没说。我说的是："是的，就躺在这儿放弃吧。"

艾伦·艾伦自信且迅速地一跃而起，他弯下腰，捡起那条眉毛，把它粘了回去。接着，他向我伸出手来。

"乌玛，这次我们可能输了，但此战远未结束。我俩齐心协力，一定能把你爸爸变回原来的他，一定能拯救村子，**还有**，趁这个机会，向那帮小混蛋报仇雪恨。但首先，我们把雅典娜救回来，好吗？"

看着艾伦·艾伦勇敢的、流着血的脸庞，我心潮澎湃。我笑着握住了他的手。他把我拉了起来。

"我们开始吧！"我说。我重拾了信心。

"开始！"艾伦·艾伦和我击了个掌，说道，"那我们**怎**么做呢？"

11

"雅典娜,
狗会感觉到羞耻吗?"

"我一点儿想法也没有。"我说,我刚刚重拾的自信心消失得和它来时一样快。

"嗯,我们得计划好,"艾伦·艾伦回复道,"我们的作战行动需要精确到每一个细节。"

"我猜我们应该……呃……去找莱克西和她的手下,然后,呃,不知怎么地把雅典娜抢回来。"我试探着说。

"好主意!"艾伦·艾伦说,"你真是个战术天才!"

"是吗？"我想道。

"那么，你觉得她们去哪儿了？"艾伦·艾伦继续说道。

这我还真知道。她们只可能去一个地方。

"獾洞（Badger's Hole）。"我说。

"獾洞……"艾伦·艾伦敬畏地重复道。

"獾洞。"我也重复了一遍——虽然这没有必要，但我喜欢它带来的神秘氛围。獾洞是树林里的一个地方，是莱克西和她的手下的藏身窝点。她们*经常*在那儿。她们一定会去那儿等着与斯特拉·道见面。

"那我们走吧！"艾伦·艾伦喊道，"还等什么呢？"

"还等什么？"我难以置信地问，"等咱们想好到了那儿要做些什么，行吗？敌众我寡。*而且*，她们刚刚才揍了我们一顿。"

"那只是些微不足道的细节！"艾伦·艾伦说，"真正的士兵必须在白热化的战斗高压下，一边行动一边思考。走吧——我们没时间了！"

我摇摇头，沮丧地笑了笑。我不得不佩服，在面对如此明显的事实时，他竟有如此盲目的勇气。"那好吧，"我说，"你跟得上吗？你知道的，我可是学校越野跑步比赛的冠军哦！"

"不用担心，"艾伦·艾伦说，"我一直有在进行高强度的训练。"

于是我飞快地跑了起来。莱克西她们已经走了很久了，而獾洞在村子的另一头。四十秒后，我发现艾伦·艾伦不见了。我转过身，看见他停在了距离我十米远的地方，弓着背，双手扶着大腿，气喘吁吁。

　　"对……对不起，"他喘着气说，"你……太……太快了。"

　　"你不是说你一直有在进行高强度的训练吗？"

　　"是啊，"艾伦·艾伦喘息道，"但都是短距离的。我还没开始进行长距离的高强度训练呢。你介不介意我们换成急速行走？我可是快走界的一名好手。"

　　于是我们用快走代替了跑。**正因如此**，我们到晚了，斯特拉·道已经拿走了雅典娜。

　　或者，这只是我认为的。

＊＊＊

　　"你们来晚了！"莱克西冷笑道，"我们已经把它给那个女人了，她已经走了十分钟了。我们有钱了！"

　　我们都还没到獾洞呢。在疾行过去的路上，迎面碰见了莱克西和她的手下，她们正在树林边缘游走。

　　"哈哈哈，你们来晚了！"莱克西大笑道。

　　"哈哈哈，你们来晚了！"卢莎－梅芙跟着大笑道。

　　"你们来晚了，哈哈哈！"斯蒂芬妮也大笑道，至少她把话的顺序颠倒了一下。

　　"哈哈哈！"玛德琳也大笑起来，我不太确定她笑的究竟是谁。

　　无需多说了。我们失去雅典娜了。可能这时，斯特拉·道已经清除了她的记忆。我的大脑对我说，雅典娜不是真的生命，她不是人类，可想起她生命的最后一刻我便痛苦不堪。她会害怕吗？会感到孤独吗？在我心里，我知道她会的。

在我心里，我知道，失去雅典娜意味着失去了挽回爸爸和拯救村子的唯一希望。那也意味着，失去了艾伦·艾伦。我无法承受这一切，于是我哭了。

"哎哟喂，快瞧瞧！好难过啊！*呜呜呜！*"斯蒂芬妮幸灾乐祸地说。

"别碰她！"艾伦·艾伦大喊道，"否则你吃不了兜着走。"

不到一小时前刚刚被痛打一顿的人，能讲出这样的话真是勇气可嘉。真的。

"*哟，好怕怕啊！*"莱克西窃笑道，"你是不是又想让卢莎－梅芙把你的狗毛眉毛再扯下来一次？"

在经历了那么多事之后，我无法接受让艾伦·艾伦再受到伤害了。我握住了他的手臂。

"走吧，"我平静地说，"我们走吧。"

艾伦·艾伦最后瞪了她们一眼，然后我们转身走了。我们高高地昂着头，任凭莱克西她们尖厉的嘲笑声飘进耳朵。

回家的路上，我们一个字也没说。

最后，到家门口时，艾伦·艾伦转过来对我说："对不起，乌玛。"

"干什么啊？"

"要是我能全程跑过去，我们也许还能赶上。"

"别傻了，"我用尽全力微笑道，"不是你的错。"

我的意思是，这**就是**他的错，可已经无济于事了。

"谢谢，乌玛。你说得对。我想我们两个人都有错。五五开。"

"是的，我猜，"我说，"呃……也许**不是五五开**……也许是四六开。"

"**我就知道，你还是认为是我的错！**"艾伦·艾伦一边大喊，一边气冲冲地沿着小路朝自己家走去，"**哼，如果你真那么想的话，也许我应该——**"

就在这时，我突然想起了一件事。"**等一下！**"我喊道。

"**等一下，干吗？**"艾伦·艾伦喊道。

"她们知道你眉毛的事儿！"

"那又怎么样？你又哪壶不开提哪壶？我的意思是——"

"你想啊！"我打断了他，我的内心激动万分，"她们说的是'狗毛眉毛'。她们怎么知道是用多莉·巴肯的毛做的呢？"

"我不知道。"艾伦·艾伦耸耸肩。

"是啊！她们**不可能**知道啊。只有我们才知道，但**我们**肯定没有提过！所以，你觉得是谁告诉她们的呢？"

"多莉说的？"艾伦·艾伦倒吸了一口气，同时惊讶地瞪大了眼。

"多莉？！你是不是傻——不是啊！一只狗怎么可能告诉她们？算了。不是啦——是雅典娜告诉她们的！"

"哦，对啊……这样就合理多了。"

"很明显，为了搞清楚葫芦里到底卖的什么药，她们已经试戴过雅典娜了，如果雅典娜和她们说过话，一定会告诉她们她无所不知。一旦她们知道了这一点，就不可能为了区区每人五十块钱把她还给斯特拉·道了。"

"为什么呢？"

"动动你的脑子啊，艾伦·艾伦！莱克西和她的手下的学习成绩是个大问题。雅典娜可以把所有作业的答案都告诉她们！

甚至可以告诉她们考试题目是什么！莱克西虽然蠢，但也没蠢到要把她拱手让人，所以，**雅典娜一定还在她手里！**"

三十秒内，艾伦·艾伦第二次倒吸了一口气。

"我们必须把她抢回来！"我的心剧烈跳动着。

"**遵命！**"艾伦·艾伦叫道，他的眼睛里充满了兴奋的光芒，"但是首先，让我重新搞两条眉毛，好吗？"

"好，不过你得快点儿，"我说，接着，一时气血上涌说出了马上就会后悔的话，"**我们去战斗吧！**"

艾伦·艾伦停下脚步，双眼朝远方望去。"是的，"他严肃地说，"我们将在海滩上和她们战斗。[1]"

我不太自信地哈哈大笑道："哈，呵呵，我不是说**真的**战斗啦。我——"

"我们将在田地里和她们战斗。"他点着头说。

我更加不自信地大笑起来。

"我们将在獾洞里和她们战斗。演讲结束了。让我们用鲜血和火焰来解决这个问题吧。"接着他便转过身，一边召唤多莉，一边跑回了家，剩下一个不知所措的我，不知道我是否在同一

1《我们将在海滩上战斗》是英国首相丘吉尔 1940 年发表的演讲，是二战期间的决定性演讲之一。演讲使用了重复强调的技巧，取得了非常好的效果。——译者注

天内永远失去了一个朋友，并让另一个朋友发了疯。

　　我决定回家看看爸爸怎么样了。我推开了嘎吱作响的前门。家里和往常一样安静。

　　"嗨，老爸！"我叫道。

　　他简单地咕哝了一声作为回答。

　　爸爸正坐在餐桌前，修补一辆模型火车。我走进来时，他瞪了我一眼——很明显，他还没有原谅我电他的事儿，或者虫子的事儿，或者老鼠的事儿。我想到，在经历了这些事之后，他可能更不会和我说话了。换成我，我也会瞪着我自己的。

　　我给自己倒了一杯橙汁，坐了下来，不安地等待艾伦·艾伦。门铃终于响了。我打开门后，我惊呆了，只能用一个成语形容我所看到的——掩耳盗铃。

　　艾伦·艾伦仍然是从头到脚一身迷彩服，但这次他还在额头和脸颊上画了绿色的战争条纹，看起来好像有一些树叶卡在了头发里。他牵着多莉，身上还背了一个超大的包。

　　我想，我应该问问他包里是什么，或者为什么要把脸画成绿色，或者为什么不在头发里放蒲公英叶子。也许我**应该**建议他不要太执着于"我们去战斗吧"这句话营造的氛围，应该冷静一点儿。可是我没有——我说的**是**："**你把多莉怎么了？**"

　　我为什么这样说？因为多莉的眉毛没了。我再重复一遍：

多莉·巴肯的眉毛没了。它应该长眉毛的位置，只剩下两道秃条。艾伦·艾伦把多莉的**真**眉毛拿来做成自己的*假*眉毛了。我建议你花点时间重新读一遍刚刚这句话，好好理解一下。

"什么？"艾伦·艾伦问。

"你为什么非得用它的眉毛？"我怒吼道。

"要不然怎么办呢？"艾伦·艾伦发自肺腑地说道。

"你就不能选个不那么……明显的地方吗？"我仍然感到很震惊。

"那样不是不真实吗？"艾伦·艾伦慢慢地说，仿佛在对一个小孩子解释一件简单至极的事[1]。"另外，它是只狗，根本不知道自己看起来有点儿怪。"

我只瞅了多莉一眼，就看出来了，她其实很**清楚**自己现在的样子。"算了，"我说，试着转回到正事儿上，"你包里是什么啊？"

"最高机密。"

"'最高机密'？什么意思？"

"意思就是不能告诉你。不该知道的就不要问——你不需要知道。"

---

1 我的意思是，虽然我是个小孩子，但我不是一个愚蠢的小孩子。

乌玛

"呃，我也要参加行动啊，所以实际上我是需要知道的，不是吗？"

艾伦·艾伦叹了口气。"包里是什么？是复仇。无论今生还是来世，我们一定会报仇雪恨的。"

"好吧，你现在已经把我吓坏了。"

艾伦·艾伦敬了个礼，做了个向后转的动作，然后牵着多莉，沿着花园小路迈着正步走了下去。

我还能做什么呢？我只能跟上去。雅典娜需要我们。

＊＊＊

我们跳上自行车——艾伦·艾伦有些困难，因为拿着那么多东西——然后出发了。

太阳要落山了，但还很热，时不时有人从我们身边经过，他们看上去或多或少都有点震惊（我觉得这也情有可原），毕竟一个这样的组合——一个女孩、一个打扮得像是要去参加丛林野战的男孩，还有一只永远一副吃惊表情的、没有眉毛的狗——在村子里骑车飞驰，谁看了都会觉得奇怪。我的意思是，换成是我，我也会停下脚步来围观的。

几分钟后，我们进入了树林。

"好，"艾伦·艾伦低声道，"从现在开始，我们要最大

166

限度地隐蔽行动。"

我点点头。"最大限度地隐蔽行动，好吗，多莉？"多莉茫然，抑或是紧张地望着艾伦·艾伦，担心他又要剃它的毛了——我无从分辨。

我们停好车，蹑手蹑脚地往前走，我们仨最大限度地隐蔽行动着，终于来到了莱克西的窝点附近，还没看到人，就已经听到她们的声音了——莱克西、斯蒂芬妮、卢莎-梅芙和玛德琳正一边大笑一边尖叫着。

艾伦·艾伦蹲了下来，从包里抽出一副望远镜，递给了我。我接过望远镜看去——那儿就是獾洞，树林中央的一个圆坑，莱克西她们用圆木和树枝围了一圈栅栏。栅栏上插着一面海盗旗，四周都有带刺的树枝伸出地面，所以，如果你不小心踩到了一根，脚就会被狠狠刺一下。真是吓人。

我把望远镜聚焦在莱克西身上，果然，她的左耳里有一丝丝白色的亮光。

"是雅典娜！"我兴奋地低语道，"莱克西戴着雅典娜呢！我就知道！"

艾伦·艾伦严肃地点点头。"现在我们要发动神兵奇袭了。"说着，他把手伸进他的军用背包里，拿出了一台巨大的无人机。无人机下面绑着四个东西，看起来好像是……"电动剃须刀！"

艾伦·艾伦说，他的眼中流露出狂热。

"电动剃须刀？"我不明其意地重复道。

多莉紧张地呜咽起来。

"是多莉的眉毛给我的灵感！"说着，他的眼神更加狂热了。他依次打开剃须刀的开关，剃须刀像一群蜜蜂似的"嗡嗡"作响。接着，他按下遥控器上的一个按钮，无人机"嗡嗡"地运转起来。多莉朝它吠叫起来。

"嘘，多莉！**_最大限度地_**隐蔽行动！"艾伦·艾伦警告道。接着，他按下另一个按钮，无人机飞离了地面。

多莉完全忘记了隐蔽行动的事儿，马上发出一声不明其意的尖叫，这足以吸引莱克西和她的手下四下张望了。

　　"马上行动！"我说。

　　"上上上！"艾伦·艾伦喊着，我们从隐蔽点冲了出去，无人机在我们头顶上方盘旋着朝她们飞去，她们紧张地仰头张望着，试图弄明白发生了什么。

　　"你们两个傻瓜想干吗？"玛德琳呵斥道。

　　"这东西在做什么？"卢莎 – 梅芙瞅着无人机，问道。

　　"如果不把那个还给我们的话，你们就会知道答案。"我指着莱克西的耳朵说。

　　莱克西邪魅一笑。"雅典娜，"她说，"告诉我这两个傻子想做什么。"

　　我们屏住呼吸，等待着。

　　"雅典娜？**雅典娜**？！啊，关键时刻，这蠢东西竟然开始更新了！"

　　听见这句话时，我忍住了笑。"把她给我，莱克西！"我说，"否则……"

　　"否则**什么**？"她挑衅地伸出了下巴。

　　"否则试试**这个**！"艾伦·艾伦喊道。

　　他按下按钮，无人机立即俯冲下来。剃须刀撞上了莱克西的脑袋，发出一阵短促的嗡嗡声。然后，艾伦·艾伦将无人机上升至原来无法被触碰到的位置。

莱克西用手摸了摸头，脸上立即掠过一丝惊恐的神色。无人机剃掉了她头顶上一大片头发。一缕缕长发飘落下来。

"**不要啊！**"她尖叫道，"你做了什么？"

艾伦·艾伦并没有停手。他马上开始俯冲"轰炸"其他人，她们惊恐地尖叫着四处逃窜。不得不说，他有一个可怕的目标。尽管她们四个逃窜的方向各不相同，但他毫不怜悯。他一次次地让无人机俯冲下去，"嗡嗡"地剃掉了一大片头发。

"哈哈！"他高呼道，玛德琳的一根辫子掉进了一丛荨麻里。"哦耶！"他咆哮道，斯蒂芬妮美丽的刘海儿直接被剃到了头皮。

等这事儿过去了，我得好好跟艾伦·艾伦聊聊他的行为。但在那之前，我只能站在后面，欣赏他的技巧。

他把无人机降下来，像赶着受惊的羊羔一样赶着她们，挨个儿地收拾了莱克西和她的手下。多莉也加入了进来，当她们试图靠近我们时，它就开始狂吠。

"快住手！"卢莎－梅芙哀号道。

可艾伦·艾伦才没有那么乖。

"好吧！"莱克西叫道，"好吧！把你们的蠢东西拿走吧！反正它已经不好使了！"

艾伦·艾伦让无人机在她头顶上空盘旋。

乌玛

她慢慢地走向我，把雅典娜从耳朵里取了下来，递给了我。

重新把她握在手中的感觉真好。我轻轻地把她放进耳中。这时……

你好，乌玛。

我差点儿立即流下幸福的眼泪，但我们得先离开再说。于是我们慢慢撤离了那个窝点，无人机和多莉则继续看守着她们四个。最后，等我们之间拉开了足够的距离时，艾伦·艾伦才让无人机回到了他的手中。我们跑回放自行车的地方，然后用尽全力蹬着车子奔出树林，回到了路上。

我回头确认一下艾伦·艾伦的位置。他就在我后面，奋力地蹬着车子。可远处出现了一幅让我脊背发凉的景象。一辆黑色汽车正朝我们飞驰而来。

是斯特拉·道，她马上就要到我们身边了。

172

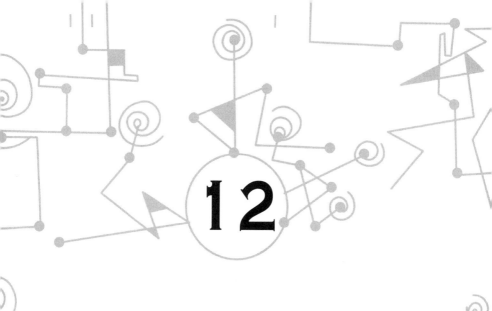

12

"雅典娜，
自行车撞到什么最惨？"

　　我和艾伦·艾伦疯狂地蹬车，脚上如同踩了风火轮一般。多莉·巴肯在我们身旁奔跑着，它的毛发在风中狂舞，但却无济于事——那辆黑色汽车已经来到了我们后方。然后开始超过我们。

　　我竭尽全力想要蹬得更快一些，我的肺像着了火，可仍然没有用。车窗降了下来，我瞥见斯特拉·道那张愤怒的脸。

"把雅典娜给我，不然我就把你们撞飞！"

说完，她猛打方向，一个急转朝我驶来。我马上朝旁边一偏，差点儿撞到了艾伦·艾伦，幸好他及时地避开了。

"把它给我！"

我们加速拐过一个急弯。

快啊，乌玛！必须马上离开公路！

"艾伦·艾伦！"我喊道，"我们得离开公路！"

艾伦·艾伦冲我竖起大拇指。这个动作不太明智，因为他完全失去了对自行车的控制。他一下朝右边偏，一下朝左边偏，然后冲上了——对艾伦·艾伦来说，非常不幸的位置——通往商业街的陡峭石阶上。他从我视线中消失时，我听见一声恐怖的号叫。

我别无选择，只能跟了上去。我沿着台阶旁边的草地骑了下去，多莉在我身旁滑行着。

艾伦·艾伦尖叫着，以每小时一百英里的速度蹦蹦跳跳地冲下了台阶。**"不不不救救救救救命啊啊啊！"**

那样喊叫根本无济于事，因为那儿根本没有人救得了他。没有任何东西可以让他停下来。或者说，几乎没有任何东西。

艾伦·艾伦一冲到底，完全失控地冲进了商业街，人们吓得让开了一条路。

就在这时候，好巧不巧地，我的校长法扎克利－登伯里－布劳顿－布朗夫人刚好迈出了报刊亭，并且她的薄荷糖掉在了地上。当她放好柳条篮子，弯腰去捡薄荷糖时，艾伦·艾伦终于找到了他的刹车，并且死死地捏住了它。但不幸的是，刹车一定是在从台阶上颠下来的过程中摔坏了，只有前刹起了作用，于是，他整个人直接飞了起来。

　　时间仿佛变慢了，他在空中画出一道优美的弧线——然后，脸直接摔进了法扎克利－登伯里－布劳顿－布朗夫人装有邪恶吉娃娃的篮子里。

那动静简直是地动山摇。小怪兽们疯狂地咆哮、怒吼，比我们学校的年度颂歌音乐节还要难听。艾伦·艾伦尖叫着把头从篮子里拔出来，三只吉娃娃牢牢地抓在他脸上，不肯松开。一只咬着他的鼻子，一只咬着耳朵，还有一只命悬一线地吊在他的右边脸颊上。

艾伦·艾伦一边绕着圈奔跑，一边鬼哭狼嚎地拍打着双臂，想要把那几只野蛮的小怪兽甩掉，直到法扎克利－登伯里－布劳顿－布朗夫人抢起雨伞狠狠一击，把他打翻在地，然后一个接一个地把小狗从他脸上揪下来。

"天哪，我可怜的小天使们！这个恶魔般的男孩怎么能这样对你们！"她一边伤感地说，一边把它们小心翼翼地放回篮子里。

接下来她冲艾伦·艾伦大发雷霆，具体内容我就不说了，少儿不宜，反正不是一个校长能说出来的话。终于，她嫌弃地"哼"了一声，便怒气冲冲地走了。

艾伦·艾伦再次爬起来，拍了拍身上的灰尘，擦了擦流血的脸，我们四下张望了一番，没有发现斯特拉·道的身影，终于松了一口气。

卫星跟踪表明她在村子的另一边。雅典娜在我耳中说道。**如果现在径直骑车回家，就能及时地安全到家。**

我们立即跳上自行车，几分钟后便回到了我的卧室。

等呼吸平静下来，我便笑了起来。不知怎的，艾伦·艾伦神奇地做到了。他的计划成功了，我重新得到了雅典娜。我给了艾伦·艾伦一个大大的拥抱。

"干得漂亮！"我神采奕奕地说，"那个剃须刀无人机太牛了！你是怎么想到的？"

"我一直在研究英国皇家空军在不列颠之战中的战术。"

"在二战期间他们就使用剃须刀无人机啦？"我问。

"不完全是那样……"艾伦·艾伦说，"不过如果他们有这个技术的话，肯定会用的。"

"好吧，不管怎么样——她们脸上的表情太精彩了，艾伦·艾伦！"

艾伦·艾伦脸一红，又敬了个礼。"这是我的职责，女士。"他说。

现在再去偷羊驼，闯入密涅瓦已经有点晚了，艾伦·艾伦还想要睡觉之前去"咳嗽的羊"后面挖一会儿泰尔尼宝藏，于是我们决定明天一早碰面。艾伦·艾伦回家了，多莉紧跟着他，最后，我又和雅典娜单独在一起了。

"雅典娜，你好。"我说。

你好，乌玛。

"你是怎么阻止莱克西把你卖给斯特拉·道的？"

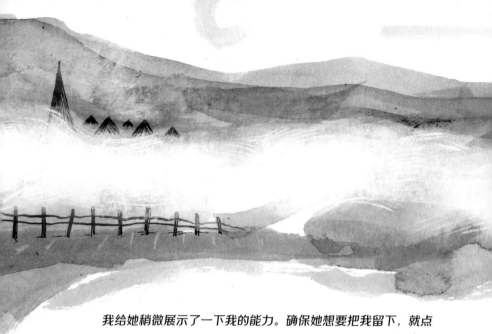

　　我给她稍微展示了一下我的能力。确保她想要把我留下，就点到为止了。然后，我知道她会告诉斯特拉她没有得手，但我得给你一个信号，告诉你，我还在莱克西手里。于是我把艾伦·艾伦狗毛眉毛的事儿告诉了她。我知道她一定会忍不住拿这件事来调侃他的。嗯，我有 93% 的把握。

　　"你相信我有那么聪明，能参透你的计划？"

　　乌玛，这一点我有 99% 的把握。

　　我笑了，仰面躺在床上，望着天花板上的星星。有一个像雅典娜这样能说说话的人真好。她总让我感觉更舒服。

　　忽然，一个问题正向我的唇边涌上来——正是像一条黑色的蛇一样，一直盘卧在我脑海里的那个重大问题。可我找不到合适的词句，就好像那条蛇缠住了我的舌头，不让我说话似的。

该睡觉了，乌玛。雅典娜说。**明天还有大事儿要干……**

＊＊＊

闹钟叫醒了我。我关掉闹钟，跳下床来。就是这样。今天我们终于要去调查密涅瓦的秘密了，但愿——也许——能拯救我们的村子。

早晨七点，阳光已经透过了我的窗帘。我刚狼吞虎咽地吃完早餐，洗完澡，刷好牙，艾伦·艾伦便敲响了门。

没看见爸爸，我们拿上午餐盒和胶带（是雅典娜强烈要求我们带上的），蹑手蹑脚地出了门。

泰尔尼弥漫着一层薄雾，教堂的尖塔若隐若现，好像飘浮在云端之上似的。这次没有了莱克西和斯特拉·道的骚扰，很快我们就抵达了麦金托什老先生的农场。

乌玛

我们勉强能分辨出农场那头的羊驼。

"好了，雅典娜，我们怎么做？"我问。

做什么？

"我的**意思是**，怎么操作？你知道的——如何灌醉羊驼，然后把它们偷走？"

我不知道。

"你不知道，什么意思？这——"

我开玩笑的。我在练习幽默感。我成功了吗？

"雅典娜！"我气急败坏地说，"开玩笑要分时间分场合！"

明白了。我该升级一下幽默感的时间和地点设置了。不过，我确实计划好了。首先，我们要闯入麦金托什先生的农舍里。

"好……那样做安全吗？"

它的安全－危险指数为 23%。

我不知道 23% 的安全－危险指数到底是好还是不好。但听起来不是特别好。

麦金托什先生现在听起来还在睡觉。如果我们动作够快，又能保持安静的话，应该没事的。

"麦金托什老先生在睡觉，我们得迅速且安静地闯进去！"我对艾伦·艾伦重复道，他点了点头。他脸上的表情仿佛是努力想要表现出来在听我说话，可我不确定他到底有没有听。因为他十分紧张地盯着羊驼圈。

"明白了，"他说，"迅速且强悍地进去。"

"不是！"我说，"是迅速且**安静**，不是迅速且强悍！是安静！"

艾伦·艾伦再次点点头。"是，我就是那么说的，"他说，"绝不畏惧——在'悄然渗透'这个领域我可是训练有素的。难点在于，在高压下要保持冷静，无论发生什么事都不要慌乱。"

*呃……*雅典娜说，*我的怀疑程度上升了87%。*

我们翻过栅栏，进入了麦金托什老先生的院子里。因为突然有人闯入，几只一脸震惊的鸡立刻吓得四散逃开。

好。雅典娜低语道，*去后门，试一下门闩。*

我们依照她的指示行动，真走运——没有锁，门"吱嘎"一声开了。

现在穿过厨房，向右转，沿着走廊朝里走。

我们蹑手蹑脚地走了进去。阳光挣扎着从满是灰尘的窗户外照进来。我以为我们马上就要走进一片寂静了，但并没有。

一点儿也没有。

房子深处传来震耳欲聋的响声，连墙壁都在震动。响声暂停了一会儿，我们连忙屏住呼吸。接着又响了起来，犹如一台狂躁的电锯。

乌玛

那是麦金托什老先生在打鼾。

你们得轻手轻脚地绕过麦金托什先生，去到客厅另一头的温室里。他的苹果酒榨汁机在那儿。

我们捂住耳朵，悄悄地朝鼾声走去。很快我们就找到了轰鸣雷声的源头。麦金托什老先生低着头坐在一张污迹斑斑的旧单人沙发椅上，腿上盖着一张破格子毯，像个新生儿一样打着呼噜。

一个丑陋的七十岁大新生儿，留着一个胭脂鱼发型[1]，耳朵上长满了毛，假牙从嘴里伸出来，身上有一股卷心菜一样的味道，好像卷心菜活过来了，放了个屁，然后又死了，然后又放了个屁。

但是，我们得从他身边过去。别无选择。

我把手指压在嘴唇上警告艾伦·艾伦别出声儿，然后指了指路。我们踮着脚尖穿过客厅，经过那位鼾声如雷的农夫，进入了温室。温室的窗户都是破的，里面弥漫着一股腐烂苹果的**臭味**。在鼾声和窗户咔嗒作响的声音中，能听见有一群胡蜂在房间里"嗡嗡"地飞。一排排摆放在架子上的那些东西，便是我们要找的：许多巨大的玻璃瓶，里面都装满了金黄色的苹果酒。架子旁边有一个手推车，正好可以用来把瓶子推出去。完美。

---

1 男子发型，前面和两侧的头发短，脑后的头发长。——译者注

我们开始尽可能快地装车，瓶子每碰撞一下，都会发出一
声"叮咣"声，我们紧张得龇牙咧嘴，尽量把瓶子码高。

不能让艾伦·艾伦推车，乌玛。雅典娜在我耳朵里喃喃说道。
那儿有——

"我来推！"艾伦·艾伦抓起把手，压低嗓音厉声说道。

我还来不及说什么，他就已经推着车回到客厅，马上就要
经过鼾声如雷的麦金托什老先生身边了。

我不知道你有没有参观过苹果酒工厂，那儿有一种生物，
它们对苹果酒的嗜好，远远超过了农夫和羊驼。那就是胡蜂。

真是个坏消息。

惨不忍睹的坏消息。

因为，艾伦·艾伦推着车子走出温室时，胡蜂也跟了上去。

恐怕，我得说，这件事艾伦·艾伦处理得不太好。我想他

一定已经忘了所有关于"悄然渗透"的训练，因为，他不但没有在高压下保持镇静，反而张皇失措，失魂丧胆。他一边跳，一边在脑袋周围狂拍，还把车子推得更快了，想要逃离胡蜂的追赶，瓶子也"叮叮当当"地碰撞着。

然后，在达到最快速度时，他将车子径直撞在了麦金托什老先生的沙发椅靠背上。

"哇唉呀哇呀呀唉唉。"那个老头语无伦次地说着，抬起头来，四下张望着。

我和艾伦·艾伦藏在椅子背后，屏住呼吸，一动也不敢动。

有一只胡蜂也想停下来休息了，它就停在了艾伦·艾伦的鼻子上。

艾伦·艾伦的脸彻底僵硬了。他用斗鸡眼盯着那只胡蜂，发出了一声轻微的呜咽。

我紧张得神色大乱，祈祷麦金托什老先生没有听见。

他好像嘀咕了一句"该死的芜菁"，然后又重重地躺倒在椅子上，安静了下来。胡蜂离开了艾伦·艾伦的鼻子，我们慢慢地喘了口气……没想到这是个糟糕的主意，因为就在那时，麦金托什老先生用尽力气，放了个**结结实实**的屁。说它感觉就像一场地震都太保守了。说它臭，那真是本世纪最委婉的说法了。

它闻起来就像一头在太阳底下晒了一个星期的死牦牛的味道。

艾伦·艾伦捏起鼻子，再次张皇失措地望着我。我绝望地把手指压在嘴唇上。待在那臭气之中，就如同被严刑拷打一般，但我们也不敢动。我暗暗在心里记道，如果我们能活着走出去的话，我会严厉地质问雅典娜，为什么不叫我们买两个防毒面具。

终于，麦金托什老先生震耳欲聋的鼾声再次响了起来，我们可以逃离这魔鬼般的恶臭了。

我瞪着艾伦·艾伦，抢过了他手上的手推车。

他也瞪着我，还低声说道："又不是我的错！是那些胡蜂想要叮我！"

"还专业素质呢！"我嘘着他，然后推起车子走出客厅，穿过厨房，来到了院子里。我们推着车，一路担心着凹凸不平的地面会把瓶子颠碎，终于来到了农舍后面，穿过羊驼圈，来到了饮水槽。

我卷起袖子，把手伸进水槽，拔下了塞子。等水全部流干后，我把塞子塞回去，然后我们把苹果酒倒了进去。真臭——就像苹果汁混合着醋，再加上一记狠狠的耳光的味道。这怎么有人能喝得下去？哪怕是羊驼。这已经超出了我的认知范畴。

很快，水槽满了。羊驼们对来到它们圈里的这两个陌生人感到非常好奇，它们眨着美丽的棕色眼睛，走来走去。领头的那只正是斯特拉·道撞到的那只，它有一头乱蓬蓬的金发。

艾伦·艾伦此刻极其紧张。"我只是**真的**认为羊驼很危险。"他一边说，一边慢慢地向后退。

"别担心，"我说，"它们只是大山羊而已。"

"是的，可是……我讨厌山羊！"艾伦·艾伦厉声道。

"你为什么讨厌山羊啊？"我困惑地问。

"我会过敏。它们会让我打喷嚏。"

"好吧，但也不用**讨厌**它们啊。它们多可爱啊——"

"行，你真想知道的话，山羊**杀了**我的姑姥姥米尔德里德（Great-Aunt Mildred），**这就是原因！**"艾伦·艾伦脱口而出。

一阵沉默。就连羊驼们也安静地站着，震惊地张大了嘴。

"什么？"我吸了一口气。

什么？雅典娜说，我没有找到艾伦·艾伦家族中有人被山羊杀死的记录。《泰尔尼公报》上说，他姑姥姥米尔德里德是死于——

"不！她就是被山羊杀死的！"艾伦·艾伦抽噎着说，"一天深夜，姑姥姥米尔德里德从夜店走路回家时，脑子里在想事情，这时，一只凶残的山羊从灌木丛里跳出来，凶狠地'咩咩'叫着。她吓了一跳，踉跄地向后退到了路中央，这时，一辆巨型卡车开了过来。卡车把她撞倒了。那个司机没有看见山羊，他撞上去时，正好听见了她的遗言：'是比利……推我。'看！推她的是一只公山羊[1]！**这就是我不喜欢山羊的原因！**可怜的姑姥爷威廉（Great-Uncle William）从此变了一个人。他伤心欲绝，不得不买了一辆法拉利，然后和隔壁的那位女士一起搬去了马贝拉。"

我们再次陷入了沉默，安静得只剩下羊驼发出的哼歌和嘶叫声。[2]

艾伦·艾伦好像想说点儿别的什么，可羊驼们埋头品尝水

---

1 "比利"这个名字有"公山羊"之意。——译者注

2 是的，羊驼会哼歌。它们的叫声真的特别诡异。

乌玛

槽里的超强力苹果酒，发出"吧唧吧唧"的声音，打断了他。

"呃，它们好像挺喜欢的。"艾伦·艾伦闷闷不乐地说。

他说得对——有六只羊驼一边喝，一边已经开始上头了，它们一边"呼噜呼噜"地低吼着，一边推搡着对方，不让其他羊驼喝那臭熏熏的酒。

几分钟之内，那些苹果酒就全被喝光了，羊驼们——呃，羊驼们已经完全喝醉了。有的在四处乱转着想要**唱歌**。有的好像四肢失灵了，一直在地上滚来滚去。恐怕我得说，好像有一只在呕吐，它在角落里发出了特别奇怪的声音。

干得漂亮！雅典娜说，**执行下一步。**

"下一步是什么？"我问。

去偷麦金托什先生的面包车。

"好的，好，去——**你说什么？！**"

我不是说得很清楚吗？我说——

"我是听得很清楚！可是，这真是迄今为止最荒谬的计划！她想要我们去偷麦金托什老先生的面包车！"我不可置信地摇着头对艾伦·艾伦解释道。

"她的电路一定烧坏了，"艾伦·艾伦说，"要么是被苹果酒的气味熏坏了？"

"雅典娜，你到底在想什么啊？我们根本就不会开车！"

我教你。很简单的。

难道人工智能也会丧失理智吗？看起来就是这样。

"呃，"艾伦·艾伦说，"我想说，我们有六只喝醉的羊驼——不然怎么才能把它们弄到密涅瓦去呢？没有出租车愿意载它们的。"

艾伦·艾伦说得有道理。

"好吧，"我举起双手说道，"如果——这只是一个假设——如果我们同意去偷，那怎么发动面包车呢？我们又没有钥匙。"

嗯，幸运的是，我知道钥匙在哪儿。就在麦金托什先生的裤腰带上。

"刚才在房子里你怎么不说？！"我倒吸了一口气。

我忘了。艾伦·艾伦和那些胡蜂分散了我的注意力。

"你忘了？可你根本不应该忘啊！"

为了努力变得更像人类，我把我的健忘程度提高了 17%。

我无语地拍了一下额头："好吧，那请你把健忘度调回去吧，好吗？"

已调回原样。

"谢谢！"

三分钟后，我们溜回了麦金托什老先生的客厅内。他依然在那儿，鼾声震天地躺在他破旧的扶手椅上。

而且，当然，雅典娜说得对，钥匙就挂在他的裤腰带上。

乌玛

我们踮起脚朝他走过去，尽量不发出任何声音，终于，我来到了足够接近的位置。我慢慢地，慢慢地伸出手——突然听见艾伦·艾伦发出一声奇怪的哽咽声。他指着自己的鼻子。天哪，他要打喷嚏了。

不仅是山羊，他对羊驼也过敏！

"不！"我狂躁地朝他比口型，"千万别打喷嚏！"

艾伦·艾伦闭上双眼，用大拇指和食指捏紧了鼻子。他用嘴深深地吸了一口气，然后小心翼翼地松开捏住鼻子的手，向我竖起一个大拇指。

太好了，喷嚏危机解除了！

我转向麦金托什老先生，向钥匙伸出了手。

"阿阿阿阿阿嚏！！！！！"

不用我说你也知道。艾伦·艾伦对羊驼过敏。

麦金托什老先生"嗖"的一下直起了身子，睁开了他潮湿的眼睛，直视着我。

13

"雅典娜,
处理羊驼呕吐物气味的
最佳方法是什么?"

    我也直视着他,心怦怦直跳,目光和麦金托什老先生的目光锁定在一起。

    他困惑地摇了摇头,嘀咕了一句"打喷嚏的小松鼠"之类的无法理解的话,然后,慢慢地,他的眼皮又开始垂下去了。

    他一定以为自己是在做梦!

    他闭上了眼,可我仍然一寸也不敢移动,直到那撼动房屋的鼾声再次规律地响了起来。接着，我迅速伸出手，从他裤腰带上解下了钥匙——我成功了！

我们踮着脚尖回到了院子里。

拿上午餐盒和胶带，到面包车那儿去。雅典娜指示道。我们照做了。

把那个袋子拿上。

面包车旁边有一个大袋子，上面写着"大袋羊驼和牦牛零食包"。

"这个用得着。"我想。

现在上车吧。

乌玛

我们照做了。鉴于艾伦·艾伦推苹果酒翻了车，这次绝不可能在开面包车上取得信任了。于是我坐上了驾驶座，而他居然没有反对。相反，他转向我说道："我们真的要开车吗？因为我真的，真的，真的没什么信心。"[1]

我耸耸肩："说实话，我也没有信心。但我相信雅典娜。"

我把手放在方向盘上。接着我发现了这个计划的一个巨大瑕疵。

"雅典娜，我的脚够不着踏板啊！踩不到油门和刹车，我没法开车啊！"

乌玛。用胶带把午餐盒绑在你脚上。

好吧，这样说来，我不得不承认，确实算无遗策。

绑好之后，我像踩着高跷一样踩着午餐盒，很轻松就能够到踏板了。我把钥匙插进点火装置里。第一次车子就启动了，我咽了咽口水。接着，在经过雅典娜几分钟的教学后，我准备好了。我轻轻地踩下油门，车子缓缓地动了起来。

艾伦·艾伦高喊道："你成功了，乌玛！"

我的心激动地跳动着，我转动方向盘，我们缓缓朝羊驼圈

---

1 当然，他的担忧是对的。不言而喻，如果你是一个十岁的孩子，你永远都不应该尝试开面包车。那是非常危险的，而我不一样，我可是世界上最智能的人工智能的徒弟。

驶去，直到该踩刹车了。我踩了下去，我们猛地停了下来。停得有点急（艾伦·艾伦差点儿从椅子上飞出去了），但至少我们抵达了正确的地方。

我们跳出面包车（踩着午餐盒高跷要想跳起来可不太容易），打开了后门。在雅典娜的指示下，我们将一大把"羊驼和牦牛零食"撒在面包车里，在我看来，那东西就像是尚未加工的燕麦。

接着，我们用它撒出一条小路，从面包车连接到东倒西歪的羊驼们那儿，然后开始召唤它们。

羊驼们顺着麦片小路，就像一群酩酊大醉的汉塞尔和格莱特[1]一样，一个接一个地，跟跄着走向面包车。虽然它们有四条腿，但也完全不听使唤了。事实上，我觉得那样更惨——不听使唤的腿更多。好在，终于，第一只羊驼一边喘息一边嘶吼着，到了我们这儿。

我从没见过艾伦·艾伦像现在这样恐惧。幸运的是，他正在面对他的恐惧。**不幸的是**，我认为这有点蒙蔽了他的头脑。

他迫切地想与羊驼保持距离，羊驼越来越近，他退着退着便退进了面包车里。羊驼跟着他，想要吃他攥在手里的那把麦

---

1 在格林童话中，汉塞尔和格莱特是一对兄妹，他们在被父亲和继母遗弃时，沿途用石子做记号，回到了家中。——译者注

乌玛

片。第一只羊驼跳上面包车后，其他的也都紧跟了上去。很快，面包车里已经有四只羊驼了，艾伦·艾伦被它们围在里面了。

"我挤不出来了！"他哀号道，"我被卡住了！"

第五只羊驼"扑通"一声上了车，也就是那只金发的羊驼，摇摇晃晃地，就像中了枪似的。最后一只羊驼拼命爬上了面包车，就这样——所有六只羊驼和一个艾伦·艾伦待在了面包车里面。

"救命啊！" 艾伦·艾伦号叫道，**"救——阿嚏——命啊——阿嚏！"**

那个男孩在搞什么鬼啊? 雅典娜埋怨道。

"艾伦·艾伦！"我喊道，"你要是挤过不去，就只能从它们身下钻过去了！"

"不行！它们的蹄子会要了我的命的！"

"好吧，那就从上面爬过去！"

片刻之后，艾伦·艾伦泪迹斑斑的脸出现在了六只酩酊大醉的羊驼背上。慢慢地，他在它们的背上用力挪动着，就像战争电影中的人在泥地爬行一样。

"不要啊啊啊啊——阿嚏——不要啊啊啊——阿嚏！——我要死了，我要死了了——啊啊，有一只羊驼刚刚吐在我身上了！"

真是大惊小怪， 雅典娜评论道。

我认为，雅典娜不必表现得那么高兴，可我也不得不承认，

艾伦·艾伦确实是在大惊小怪。

艾伦·艾伦终于从羊驼中气喘吁吁地爬了出来。

"这些……见鬼……全都是……在雅典娜计划之中的吧！"

即使是我，雅典娜打开了扬声器，也预测不了愚蠢到这种程度的事。

我不会告诉你们艾伦·艾伦对雅典娜说了什么的。别管了——我想他是跟法扎克利－登伯里－布劳顿－布朗夫人学来的那些词吧。

我们爬进驾驶室，艾伦·艾伦仍然在喃喃自语。我发动引擎，我们沿着车道慢慢地行驶。

行驶在马路上，一辆辆汽车"嗖嗖"地从我们身边经过，我看了看艾伦·艾伦。他的脸色比平时更苍白。我们认真地系上了安全带。我闭上眼，向妈妈念诵了一小段祈祷词。

这时，风挡玻璃突然"砰"的一声巨响，吓得我差点儿灵魂出窍。

有一双手掌按在我们面前的玻璃上，一双怒火中烧的眼睛盯着我们，那人正是**狂躁**的麦金托什老先生。

"偷羊驼的贼！看你们哪里跑！"

艾伦·艾伦转过头来看着我，尖叫起来。我也冲着艾伦·艾伦尖叫。

"从我的面包车里滚下来，你们两个小混蛋！"

"我们怎么办？"艾伦·艾伦尖叫道。

"不知道！"我也尖叫道。

下车，*和他说实话*。雅典娜平静地说。

"噢，好主意！"艾伦·艾伦讥讽道，"我是不会下车的！他会杀了我们的！"

"我受够了见鬼的小孩偷我的羊驼！"麦金托什老先生怒吼道。

"我们到底该怎么说啊？"我问，"'麦金托什老先生，真的很抱歉我们偷了你的面包车和羊驼'——希望他能对这个解释满意？"

艾伦·艾伦摇摇头："我们绝对**不能**和他说实话。如果可以，**坚决**不要说实话。能撒谎时就撒谎。"

对于艾伦·艾伦·卡林顿从学校里的特殊课程中得到的智慧，我不太确定，可现在我忍不住赞同他的观点。"说实话"好像是个非常糟糕的主意。

麦金托什老先生再次狠狠地敲打风挡玻璃，然后示意我打开窗户。

和他说实话，雅典娜重复道。**告诉他我们为什么要带走羊驼。相信我。**

"别相信她！"艾伦·艾伦乞求道。

根据我对麦金托什先生的性格分析，他尊重真相。而且他憎恨密涅瓦。上个礼拜，他因为用一拖拉机羊驼粪去堵密涅瓦的大门而被捕过。

"好吧，"我说，"碰碰运气吧……"于是我降下车窗，把事情的真相告诉了麦金托什老先生。

我告诉了他，我们要用羊驼来声东击西，这样才能闯进密涅瓦，要弄清楚他们如果不是要建停车场的话，那到底要在泰尔尼干什么。

"真的非常抱歉，我们没有事先征得您的同意，麦金托什先生，可我们得阻止密涅瓦，要不然我就会失去我的家，失去我最好的朋友艾伦·艾伦·卡林顿和我的爸爸。"

麦金托什老先生眯起眼睛。片刻之后，他的表情变得十分震惊。然后他摇了摇头。

"恁（你）们这样小孩开车不安圈（全）。快点下来。"说着，他示意我们赶快下车。

真不该说实话。

"而且，如果密涅瓦把整个村子都清空了，我们就永远找不到泰尔尼宝藏了！"艾伦·艾伦脱口而出。

噢，看在上帝的分儿上。雅典娜在我耳朵里呻吟道。

麦金托什老先生的眉毛像一座吊桥似的扬了起来："啊，所以恁们是在找宝藏，是吗？"

"是的！"艾伦·艾伦连忙回答，"几个月前是你告诉我的，从那以后我一直在找，但谁也不相信我！"

"嗯。没人信就对了，"麦金托什老先生紧皱眉头说道，"从来就木（没）人相信泰尔尼宝藏。只要恁（你）一提起，他们的眼睛就会发亮，但他们不理改（会）。本来它多美腻（丽）啊——一颗炫目的绿宝石，跟猴唖（的）脑袋那么大。但我跟

201

乌玛

恁（你）们说，它被诅咒了！介（这）不是为恁（你）们这样的人准备的。"

貌似你需要一个翻译。雅典娜说，**他说，宝藏被诅咒了。它不是给你们的。**

但其实麦金托什老先生说的话，我都听得明白。我不禁联想到雅典娜身上和斯特拉·道的徽章上的密涅瓦标志，上面都有一颗绿宝石，仿佛是个奇怪的巧合……

"它造成了难以言语的哭（苦）难！"

看样子，宝藏造成了难以言喻的苦难。甚至有人说——

"嘘！"我叫雅典娜先别说话。

"甚至有人说，诚实的人五（无）法找到它——只有那些心底坏的人，恶棍嗯（和）骗子才能找到它。"

"你知道它有可能在哪儿吗？"艾伦·艾伦问。

"我这一杯（辈）子都在找它。我唯一的线索就是，我爸爸的爸爸高速（告诉）他，他有（又）高速（告诉）了我的这首古老的诗：

石头做的，紫（指）向那条路；

顺着手指，就是它的藏身之处。"

"什么意思？"我问。

"很久衣（以）来，"麦金托什老先生靠在面包车一侧，说道，

"我料想它的意思就是，环岛那儿的那个老师（石）雕。那家伙紫（指）着一个方向，就是教堂的尖塔。可我已经在内（那）座尖塔里上上下下走过无数次了，都没有找到宝藏。也许这只是一件木（没）有意义的陈年旧事而已吧。"

"呃，我还是相信它是存在的！"艾伦·艾伦抱着胳膊说道。

麦金托什老先生粗糙的脸上露出了笑容："了卜（不）起，小子。"

"那么，"我谨慎地说，"我们可以把车开走吗？你知道的，是为了去制止密涅瓦和，呃，和找到宝藏？"

麦金托什老先生直视着我的双眼，就好像看穿了我的灵魂。

在直视我的双眼，看穿我的灵魂几分钟后，他突然直起身子点了点头，我感到很不适应。

"猪（祝）你们马到成功！别说我妹（没）警告过你们！一定要造（照）顾好我的羊驼！"

我想现在不该告诉他，我已经把它们全都灌得酩酊大醉了。

"还有你——"他指着艾伦·艾伦说，"我喜欢你的眉毛。"

然后，麦金托什老先生趾高气昂地走回了农舍。真不敢相信我们的运气竟然那么好。

"真是个好人啊。"艾伦·艾伦说。

我点点头，但仍然没回过神来。

后来我领悟到，如果麦金托什老先生提出开车送我们去密涅瓦的话，也许会更明智些。但那时，他大概酒还没醒，所以可能这就是最好的安排了。

现在就看我们的了。

我咽了咽口水，紧张极了。然后，我用我的午餐盒高跷踩下了油门，转动方向盘，驶上了马路。

* * *

我不太记得我们是如何到达密涅瓦的了，只记得一些混乱

的噪声。有很多尖叫声（我和艾伦·艾伦都叫了）、六只羊驼的呕吐声，然后是歌声，然后又是呕吐声，还有好多其他车辆发出的愤怒的"哔哔"声，因为我们以每小时五英里的速度在路面上爬行着，尽管感觉像是每小时五百英里。

没过一会儿，我们就到了，也许是十分钟，但感觉像是一年。真是个伟大的胜利啊，我们没有制造**任何**事故，除了午餐盒高跷从我脚上滑下来时，我们轻轻地撞上了一根路灯。还有一次是，我看见爸爸一脸迷茫地朝我们走过来，仿佛不相信自己的眼睛似的，我连忙打了一个急转弯，差点儿撞上一辆大巴车。我的意思是，损毁并不**那么**严重。只是在面包车的引擎盖上留下了一个大坑，路灯柱全弯了而已。但幸运的是，我和艾伦·艾伦都系着安全带，羊驼们也正忙着唱歌呢，根本没发现。

我们停在密涅瓦大门不远处，大门上也有一个银色猫头鹰坐在绿宝石上的标志，和雅典娜身上以及斯特拉·道徽章上的一样。大门那儿只有一个保安。我们需要分散他的注意力，才能趁机溜进去。

"雅典娜，告诉我你所知道的，关于那个保安的一切。"

那个保安名叫斯坦利·惠特马什（Stanley Whitmarsh）。他老婆名叫乔伊斯（Joyce）。他是白羊座的，头发是假发，但他不承认。爱好是收集勺子，业余时间在一个现代爵士乐队里演奏巴

松管。

呃。没什么有用的。

他是 1984 年圣芒戈小学（St Mungo's Primary School）的百米赛跑冠军，雅典娜继续说道，喜欢养狗，家里地下室里有大量偷来的古董，希望能在被警察抓到之前把它们卖掉。

有了。

我跳下面包车，艾伦·艾伦跟在我后面。我们大步走[1]向斯坦利·惠特马什，那个矮壮的男人，他的田径岁月仿佛已经成为一段黯淡而久远的记忆。

"惠特马什先生，"我说，"我们——"

"呃，你怎么知道我的名字？"他看着我，用指责的语气说。

"我们是来——"

"还有，你脚上为什么踩着午餐盒？"

问得好。我都忘了我还踩着它们了。我不好意思地把它们取了下来，这才发现，原来斯坦利·惠特马什并没有那么矮——我比他高，是因为我踩了高跷。

"我只是来——"

"我的天哪，他又是怎么回事？"他指着艾伦·艾伦说，"那是假的！随便什么假眉毛我都能认得出。你这质量也太差了。话说，是什么做的？狗毛？"

我真纳闷，他为什么更关心艾伦·艾伦的眉毛，而不是面包车居然是两个孩子开过来的。

"嘿，那不重要！"我说，"你老婆乔伊斯让我们给你带个话。"

---

1 好吧，大步走的是艾伦·艾伦。我是踩着高跷一摇一摆地走的。

"她说什么？"

"她说，你家的水管爆了，地下室进水了，有一幅画漂到街上去了，有人捡到了它。现在你家花园里有好多警察。"

斯坦利·惠特马什顿时脸色煞白，然后压抑着哭了起来。

"乔伊斯问，你能不能尽快跑回家？"

"对，好——**我的天哪**——我该跟老板请个假……"

"别担心！我们帮你请，"我诚恳地说，"你得赶紧走了。快走吧。现在还来得及。"

斯坦利·惠特马什最后慌张地看了我和艾伦·艾伦一眼，然后提着安全帽，匆忙跑上了马路。他的步速转变相当惊人——看来，圣芒戈小学的百米赛跑冠军果然不是浪得虚名啊。

他意味深长地为我们留下了一道敞开的大门。

于是我们进去了。

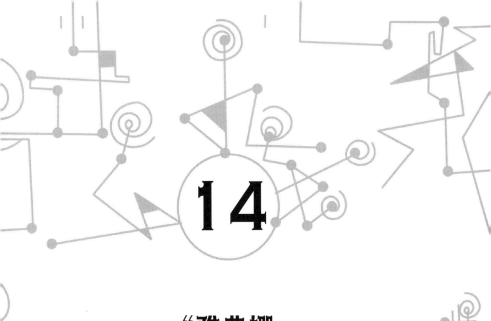

14

"雅典娜，有没有可能假装一个吻从来没发生过？"

　　我重新绑上午餐盒高跷，慢慢地开着面包车通过了大门，停进工厂大门旁边的停车场。然后我取下高跷，和艾伦·艾伦一起跳下车，来到面包车背后，打开了门。

　　大楼入口处突然传来一声呵斥。

　　"喂！干什么的？"

　　是另一个保安，拿着一个写字板。他大概有两米五高，骨瘦如柴，发际线特别高，你得搭一辆出租车才能从他的眉毛抵达他的发际线。他脸上挂着一种表情，就像是：穿上拖鞋后，才发现里面有一坨猫屎。

"车里是什么东西？"不等我们回答，他便说道。这位保安似乎对儿童驾驶面包车的行为同样熟视无睹。

"羊驼！"艾伦·艾伦诚实地说。真没想到，他居然这么没有眼力见儿。

保安的脸上蒙上了一层不确定的阴影，他眯着眼睛看着他的写字板。"什么玩意儿？"

"是给斯特拉·道的紧急快递。"我说。

保安脸色煞白。

"那好吧，快去吧。"说完，他便走开了。

"你为什么要跟他说实话？"保安走远之后，我立即呵斥艾伦·艾伦。

"我累了，不想再编故事了！"他大声抱怨着，"太……压抑了。"

"噢，看在上帝的分儿上！**现在**你倒不想撒谎了？你不知道我们就是在一个巨大的谎言之中吗？"我瞪着他，"算了，先把羊驼弄出来吧。"

我们打开面包车的后门，视觉和嗅觉的双重震撼扑面而来。

似乎已经到了疯狂的羊驼派对的尾声处。它们彼此堆叠在一起，既睡眼蒙眬，又脾气暴躁。有一只一边嚼着零食，一边睡眼惺忪地瞪着我们。

"来吧！"我喊道，"出来吧你们！"

它们没有一只看起来想要出来。

"很好！"我抱怨道，"这种状态下，它们不可能自己走出来。"

交给我吧，雅典娜通过扬声器说道，**我来告诉它们做什么。**

"怎么告诉？"我问。

我会说几句羊驼语。

乌玛

"什么玩意儿？"

我会说几句羊驼语。

"不可能。"

是真的。

"真是难以置信。"

其实没什么的。我可以和 86% 的动物交流。只要收集到必要的数据，那是非常简单的。

"好，好吧……"我说，但我还是不完全相信她，"好吧，试试看吧。"

沉默片刻后，雅典娜启动程序，发出了一连串我闻所未闻的呼噜声、嘶叫声和鼻息声。羊驼们整齐划一地转过头来望着我，惊讶地张大了嘴。显然它们以为那是我发出的声音，可以理解，它们发现一个十来岁的人类女孩突然能说一口流利的羊驼语时，自然是相当惊讶的。

雅典娜停顿了片刻，那只一头金发的白色羊驼开始发出各种各样的呼噜声和吱吱声。

那是在回答。

雅典娜和那只金发羊驼在交谈。且不管雅典娜说的是什么，这个方法是有用的。羊驼们突然好像清醒了，它们眼睛里的困倦立即变成了暴怒。接着，它们一边发出狂躁的呼噜声，一边

跳下车，或者摇摇晃晃地走下了车。

"你和它们说了什么？"我吸了一口气，问道。

我只是告诉它们，开车撞了头羊的那个女人就在这座大楼里。

羊驼们显然已经注意到了这一点。它们用蹄子砸开了工厂大门，然后经过那位震惊的保安身边，冲了进去，我和艾伦·艾伦在后面追⋯⋯一片混乱。

羊驼们就像一阵由毛发和腿组成的飓风，一边吐口水[1]，一边把所到之处的一切踹倒、砸碎。里面那些可怜的人啊，二十秒之前还过着平凡的一天，他们完全不知道是什么袭击了他们。[2]

羊驼们立起前蹄，踹倒一道道门、一张张桌子，把所有能踩上去的东西都踩了个稀巴烂。电脑和机器都变成了地上的一摊碎片。一些有勇无谋的保安冲向羊驼，想要把它们赶走，但很快便带着瘀青的屁股，或者被咬伤的手指和一脸的羊驼口水，被羊驼赶走了。

快，沿着左边那条走廊向前跑，第二个路口向右转！ 雅典娜急促地说。

我和艾伦·艾伦立即拔腿狂奔。雅典娜指引我们经过了一

---

1 是的，羊驼生气时会吐口水。

2 剧透预警：是羊驼。

个个走廊，终于来到一个带有密码锁的房间门口。

快按"74489"！

我按下密码，门开了，这是一个安静的小房间，里面有一张单人桌和一台电脑。旁边有一张带轮子的桌子，桌子上面整齐地摆放着二十个和雅典娜一模一样的东西。

"哇塞，"我说，"它们都是——"

它们还是空的——电路还没安装好。雅典娜说，**我们快去破解密涅瓦的秘密吧！快把我插进那台电脑，她马上就要来了！**

不必问雅典娜说的"她"是谁。我在电脑旁边蹲下身来。

快点，乌玛！电脑背后有一根伸出来的线，把我插进去！

我把手伸到背后，找到了一根纤细的电缆。我把雅典娜从耳朵里取出来，可我不争气的手在颤抖，她滑出了我的手指，掉在了地上。我飞快地把她捡起来，把那根电缆插进了她一侧的小孔里。

搞定了！和我们猜的一样——停车场只是为了掩人耳目。密涅瓦相信，村子里埋藏着博基矿！这就是他们想让所有人都搬走的原因——这样他们就能放心地去搜寻了。

"什么？可是为什么——"

回头我再和你解释！现在我们得马上离开这儿！

我们跳了起来——但已经太迟了。

"不许动！"一个熟悉又可怕的声音吼道，"全都不许动！"

斯特拉·道举着手枪，朝我咧嘴一笑。

我们输了。

"真高兴你决定把它还给我。"她幸灾乐祸地指着雅典娜说。

"省得你挖更多的羊驼粪了！"艾伦·艾伦厉声回答。我要不是感觉一败涂地的话，也许会哈哈大笑的。

"哼。别耍嘴皮子，小鬼，"她冷笑道，"没关系。现在它又回到我手里了。我迫不及待地想要拆除它了。"

"雅典娜不是'它'！"我咆哮道，"雅典娜是'她'。"

"噢，愿上帝保佑你！"斯特拉·道给了我一个怜悯的微笑，我真想一拳揍在她脸上。"嗯，至少我们知道了它是有用的！我设计的这个版本的雅典娜，可以通过任何必要的手段来保证自己的安全，甚至可以利用魅力和说服力来操纵愚蠢的人，找到他们的弱点。显然，它已经成功地找到了你的弱点。"

我的嘴巴变得好干，我无话可说。

"现在你看到它有多强大了吧，"她继续说道，"多聪明，多**狡猾**啊。一个雅典娜就比世界上的任何一台电脑都强。"

"呸！"艾伦·艾伦说，"那你要做什么，用她去偷很多钱吗？"

　　"噢，可爱的男孩，你的头脑太简单了。等我一旦找到埋

在村子下面的绿色博基矿，我就能做出**几十个雅典娜**。到时候，我就能控制互联网上的所有电脑。我就能操纵地球上的任意一台电子设备。我会成为地球的霸主！我不是要偷钱，"斯特拉·道咯咯笑道，"我是要偷这个**世界**！"

"给你提个醒，"艾伦·艾伦说，"我认为你可能得了恶棍综合征。咯咯笑就是一个典型症状，还有密谋掌管世界、用枪指着小孩，都是恶棍综合征教科书级的症状。"

"够了！你会后悔嘲笑我的！"

"老实说，这句话听起来也非常恶棍。"

斯特拉·道上好枪膛，对准了艾伦·艾伦；"废话时间结束了。把它给我，乌玛！"

"别给她！"艾伦·艾伦说。

但我别无选择。我感到一阵恶心。我交出了雅典娜，斯特拉一下子把她抢走了。

"乖！"她像一条蛇似的咧嘴笑道（如果蛇会笑的话，但它们不会，不过你知道我的意思），"多简单啊！现在我要把你们关在这儿，以防再被你们打扰。你们可以好好品尝品尝输给斯特拉·道的滋味，然后想一想，等我当上地球霸主后，会怎么毁掉你们的人生！"

"喂哗呢吧吼吼，"艾伦·艾伦突然嘶吼道，"咻吼吼吼吼呢普呢普呢普！"

斯特拉·道不可思议地看着艾伦·艾伦，仿佛他彻底失去理智了一般——除了我之外，任何人都会这么觉得的。可我**清楚地**知道他在做什么。

艾伦·艾伦·卡林顿在说羊驼语！

几秒钟内，震耳欲聋的"咔嗒"声开始撼动了房间。斯特拉·道惊慌失措地望着门。就在那时，那只金发羊驼把门撞了个粉碎，闯了进来。

它瞪了斯特拉·道一眼，立刻抬起前腿，开始攻击视野内的一切东西。一记重击之下，电脑散架了、桌子翻了，所有的空雅典娜散落在地板上。斯特拉·道被撞得向后飞了出去，重重地摔倒在地。雅典娜从她手里飞了出来，"嗖"的一下滑出好远。我们全都拼命去抢她，可在羊驼猝不及防的飞踢之中，想要跑到她身边并不容易。有一次，我差点就抓到她了，但在最后一秒不得不躲开，以避免被蹄子踩到脸。

"我拿到了！"斯特拉·道突然叫道，并高高地举起雅典娜挥舞着。

趁她没注意，我们有了逃走的机会。我冲艾伦·艾伦点点头，然后我俩冲过那扇破门，那只羊驼也跟在我们身后赶了上来。

我听见斯特拉·道在冲着保安尖叫"抓住他们！"，但我

　们继续朝前跑，直到来到了外面，其他羊驼正围在面包车旁绕圈。我们跳上车，关上门，我捆上午餐盒高跷，发动了引擎。

　　大门关上了。没办法了——我闭上眼，踩下油门，我们直接撞破了大门，飞也似的冲上了马路。车子旁边，还有六只羊驼在飞奔。

　　我们沿着马路开了一会儿，这时，我的泪水开始决堤了。我们已经失去了一切。

　　"对不起，艾伦·艾伦。"

"怎么了？"

"因为我，你连眉毛都没了。我已经失去了爸爸，失去了雅典娜。现在，斯特拉·道得到了她，她会找到博基矿，成为地球霸主的。"

她得到了雅典娜，现在雅典娜可能已经被抹去了记忆，拆下了宝石。我的雅典娜永远消失了，我再也听不见她的声音了，一想到这儿，我的心就碎成了两半。

"你错了，"艾伦·艾伦说，"她没有。"

"她没有什么？"我迷茫地说。

"她没有得到雅典娜。她捡起来的是一个空壳子。"

"什么？"

"我一直盯着真的那个。我把它捡来了。"

"什么？！"

艾伦·艾伦从口袋里掏出一个小小的白色耳机，把它递给了我。我难以置信地把它塞进耳朵里。

你好，乌玛。

是雅典娜！

"艾伦·艾伦！"我喜出望外，脱口而出，"我真想亲你一口。"

然后，我亲了他。我在艾伦·艾伦·卡林顿的脸蛋上大大地亲了一口。我不知道自己怎么了。

乌玛

"嗯，不管怎样，"他红着脸说，"我们大概应该把面包车还给麦金托什老先生了，然后尽快回家，因为斯特拉·道随时都会发现那个雅典娜是假的。"

这个主意真是棒极了，于是我加快了一些速度。

"雅典娜？"艾伦·艾伦问。

嗯？

"**错了**的感觉怎么样？"

雅典娜发出轻轻一声似是而非的叹息。

"什么意思？"我问。

"你还不明白吗？"艾伦·艾伦兴高采烈地说，"密涅瓦在找藏在村子下面的博基矿。博基矿就是泰尔尼宝藏。我一直都是对的！"

我必须赞同。听起来确实是艾伦·艾伦一直都是对的。那

就意味着……

看起来我确实错了，雅典娜说，**至于你的那个问题，我感觉**……**很不愉快。**

艾伦·艾伦点点头。然后说道："也许你愿意因为怀疑我而道个歉？"

如果雅典娜有牙齿的话，她一定会咬牙切齿的：**对不起，艾伦·艾伦。**

艾伦·艾伦笑了起来。"笑得真难看。"我心里想着。这时，我突然意识到一个现实的问题。

"可那意味着——"

是的。我们得比密涅瓦更快找到泰尔尼宝藏。然后你们要保证宝藏——或者我——永远不会再次落入她手。

在我心里，重获雅典娜的喜悦开始流走，取而代之的是一种寒冷。现在什么也阻止不了斯特拉·道了。她知道雅典娜在我们这儿。没有任何地方是安全的了。

也许我只能在斯特拉再次抓到我们之前，短暂地拥有雅典娜。

是时候弄清真相了。

是时候提出那个重要的问题了。

15

"雅典娜，
悲伤会持续一辈子吗？"

家里很安静，只有小火车轻轻的呼啸声。我们把车还回麦金托什老先生的农场后，艾伦·艾伦就回家喝茶去了。

我走进客厅，啮齿动物事件发生后，如今这儿已经恢复了正常。和往常一样，所有东西上都蒙上了一层薄薄的灰尘。

我坐在我最喜欢的沙发椅上，咽了咽口水。我感觉有点儿反胃。

"雅典娜。我有几个问题。"

雅典娜打开了全息投影。她站在那儿，闪烁着蓝色的光芒，摆弄着她的手。

问吧。

"你知道吗，斯特拉·道说你的程序设定是为了保证自己的安全，什么话都可以说？是真的吗？你对我好，只是为了保护自己吗？"

雅典娜沉默了片刻，然后用一种温柔的声音说道：

乌玛，我当然想要保护自己。所有的生物都想要保护自己，我的程序也是按照同样的逻辑设定的。

我的心顿时沉入了大海。是真的。雅典娜一直在利用我。

可那并不意味着你对我来说是不重要的，她继续说，**自从我和你在一起，我就慢慢地理解了友谊和家庭的概念。而且，乌玛——你既是我的朋友，也是我的家人。**

"我也是这样的感觉。"我用低哑的声音轻轻说道。

其他问题呢？

来了。我感觉自己的灵魂出窍了，能亲眼看见那些字句从我身体里翻滚而出。

那些难以开口的字句。那个难以开口的问题。

"我妈妈为什么离开我们？"

雅典娜再一次沉默了。她很久很久都没有开口，我一直等着，

225

我的心怦怦地跳。

你愿意自己问她吗？

我挺直了身子："什么？"

你愿意和她说话吗？

"什么意思？怎么说？"

我的心在胸腔里剧烈地跳动着，我想，我可能要吐了。有这个可能吗？我的意思是，如果雅典娜可以和动物说话，也许一切皆有可能。

你没法和真实的她说话。那是一个虚拟形象。基于我能找到的她的每一张照片、每一个视频、每一段录音、她所有的信息、所有电子邮件而构建出来的一个人格。不是完美的，但大概也有 98% 的精确度。我可以把她投影出来，如果你愿意的话。

我感到一阵阵头痛，晕眩。当我开口时，我的声音变得微弱无比。

"好的，谢谢。"

雅典娜的全息投影熄灭了。等她再次闪烁起来时，那人却不是雅典娜。

我肺里的所有空气都消失了。那是我的妈妈。

"你好，亲爱的。"妈妈笑着说。

是她的声音。我都忘记那是怎样的声音了。现在我记起来了。

"你还好吗？"她说。

时间仿佛消失了。我再次回到了五岁那年。我的嘴唇开始颤抖，脸颊开始湿滑。

我努力想要张开嘴，回一句"你好"，可我什么声音也发不出来。我开始明白，为什么这些年来，爸爸那么难以开口说话了。

我知道这只是一个全息投影。可她真的太真实了。

她再次微笑起来，可那个微笑里充满了悲伤。

"真希望我可以拥抱你。"妈妈说。

我点点头，泪水决堤般从我脸上滑落下来。我无法动弹，也无法说话。

那就是我的**妈妈**。

可那又不是我的妈妈。

"真的有点儿奇怪，我成了一个全息投影。"她说。我哽咽着笑了笑，作为回应。"有点儿奇怪"这样的描述真是太保守了。"我无法想象这对你来说是什么样子的！你长大了。现在你都是个大姑娘了。"

这时，我的泪水哗哗地流了下来。我泣不成声，我们俩谁都没有说话。

"你和我记忆中的样子一模一样。"我终于找回了自己的声音。

她的脸上闪过一丝不确定："我可以增长一些年龄，如果你喜欢的话？"

她的脸庞立即变老了一些，增加了几条皱纹、几丝白发。

"不要，"我摇摇头，"我喜欢你在我记忆中的样子。"

她瞬间又变回去了。

"妈妈，"我说，"我有事想问你。"

这次轮到我的妈妈陷入沉默了。她只是点了点头。

"妈妈……你为什么要离开我和爸爸？"

她注视着我。我等待着，等待着那个我等待已久的答案——那个我既害怕又需要的答案。我感觉就像站在一个黑洞的边缘，马上就要永远地消失了。

她突然一闪，变回了雅典娜。

你确定想要继续吗？

"是的！"我说。

然后，全息投影又闪了一下，我的妈妈再次出现了。

"当时我病了，"她说，"病得很重。而且我再也无法好起来了。我不想让你们看见我变得越来越糟。我不能让你们留下那样的记忆，所以我走了，为了减轻你们的痛苦。"

我感觉心脏裂成了两半。"你错了，雅典娜！妈妈知道无论如何我都需要她！爸爸也需要她。我们想要她留下！"

妈妈一闪，变回了雅典娜，她低着头，忧伤地望着地板。

乌玛，我有 96% 的把握，这就是你妈妈离开的原因——为了把你从痛苦中拯救出来。

"可是……**离开**我也让我很痛苦！她没有考虑过这一点吗？妈妈难道不爱我们吗？"我说，怒火在我心中燃烧着。

你妈妈非常爱你。我找到的关于她的一切都表明她是多么爱你。离开你也让她痛不欲生。可她希望有一天你会理解，会原谅她。

我无法告诉你我哭了多久。隐藏多年的泪水如洪水般决堤了。多年来不敢提出的问题、埋藏的答案似乎都呼之欲出。

最后，我终于明白，这些年里，我不能一直等待答案。我得给出答案。

开口前一秒，我还不知道自己会说些什么。可当答案最终出现时，它便是那么强大、坚定和确定。

"是的，妈妈。我理解。我原谅你。"

也许我并没有马上完全原谅她。我实在太想念她了。可我知道，有一天我会的。

雅典娜闪了一下，变回了妈妈。

"谢谢，"她微笑着说，"我爱你。"

"我也爱你。"

接着她就变回了雅典娜，我的妈妈消失了。

那一刻，我突然想到一个主意。我坐起来，擦了擦眼睛。

"雅典娜，你能把妈妈的全息投影放给爸爸看吗？"

雅典娜的脸庞上露出了温柔的微笑。**可以的。这个主意太棒了。**

我笑着跳起来，跑出房间，大喊道："**爸爸！**"

没有回应，但我跑进过道里时，得跨过一辆呼啸而过的火车。这说明他在控制室里。

我跑向地下室，打开门，朝下面喊道："爸！你能上来一下吗？快点！"

我听见一声咕哝，片刻之后，我看见他来到了楼梯上。当他爬出来时，我立即抓住他的手，拽着他穿过过道。

"好了，爸爸。有一样东西——一个人——你得见一见。"

他皱起他的粗眉毛，眼睛里充满了怀疑，很明显是以为我又要给他新的"冲击"了。

"不是那样的，"我说，"进去你就知道了！"然后我把他推进客厅，关上了门。

乌玛

我不想在那儿闲晃，就为了看接下来会发生什么事。于是我偷偷溜回了厨房，坐在冰冷的地板上，开始等待。我等啊等。

等啊等。

很久很久以后，我听见客厅门"咔嗒"一声开了，爸爸的脚步声在一个个房间里响起，他在找我。

坐在地板上的我感觉自己特别渺小，怎么也站不起来。

最后，爸爸走进了厨房。他低头看着我，他的眼睛红红的，脸上全是泪痕。

不知道从什么时候开始，我又开始哭了。

他蹲了下来，和我面对面。他握住我的手。他张开了嘴。

"我爱你，乌玛·格尔努德森。"爸爸说。

好吧，他其实不是这样说的。他**其实**说的是"我啊咿，唔啊·噶尔森"，而且声音刺耳、尖锐。他的声音已经好多年没用过了，都生锈了，他已经忘了如何做出正确的嘴型了。

可我不在乎。

成功了。爸爸和我说话了，而且是一个完整的句子。而且，我也能明白他的意思！

"**我也爱你，爸爸！**"我甩开双臂抱住了他，在他胸膛上泣不成声，直到他的衣服都湿透了。

"对不起。"他紧紧地抱着我，不停地重复着这句话，"真

"雅典娜，悲伤会持续一辈子吗？"

的对不起。"其实他的发音听起来像是"都卜鸡，真的都卜鸡"，但我还是听明白了。

痛哭之后，我们开始畅谈，但爸爸的声音依然十分刺耳，很难理解。就好像努力想要和一只发音不准、还嗓子痛的鹦鹉交谈一样。过了一会儿，我觉得如果全部都由我来说，让他的嗓子休息一下，应该会轻松一些。

于是我把一切都告诉了他，我、艾伦·艾伦和雅典娜做的那些事——尝试对他进行冲击疗法，订购了那一大箱糖果，偷了羊驼，闯进密涅瓦（听到这些他看起来都不太高兴）；斯特拉·道可能很快就要冲进来抢走雅典娜了，村子就要被摧毁了，但并不是因为他们要建停车场，而是因为她在找一种特别的矿物质，有了它，她就能成为这个世界的霸主，而这个矿物质实际上就是传说中遗失的泰尔尼宝藏。我甚至把麦金托什老先生告诉我们的那个线索也告诉了他：

"石头做的，指向那条路；

顺着手指，就是它的藏身之处。"

我刚说完这些，爸爸的粗眉毛便拧成了一根绳。接着，他抬起头，眼睛里忽然充满了兴奋。他"呱呱"叫着，很明显是有什么急事。

"喔来！"

"什么？"我问。

"我说'喔来'！"

他跑进餐厅。在我们面前的是泰尔尼海滨的等比例微缩模型。爸爸开始在那些房子之间跑来跑去，时不时地弯腰，蹲下来，瞅着那些模型。

"好吧，"我想道，"这些对于爸爸来说太不堪承受了。

他的脑子终于坏了。"

"咋宝咋！咋博基矿！"

"什么？"我吸了一口气。

"麦咿（金）托什（弄）错了！"爸爸乐得合不拢嘴。

"你怎么知道的？它在哪儿？"

"我卜（不）知道具体位置，但我知道咋（怎）么找到它。"

"怎么说？"

爸爸指了指村子。

"我建这个模型时，研就（究）了村子的历史，"他冲我眨眨眼，说道，"麦咿（金）托什（弄）错了，这个老笨蛋！"爸爸的脸皱了起来，形成了一个微笑。

他的声音——我爸爸动人的、有磁性的声音——终于回到正常了："麦金托什只知道故事的一半，而不是全部……"

"快告诉我！"

"好，好……"他再次咧嘴笑道，"故事发生在很久以前。几百年前，那时，泰尔尼海滨是一个安静祥和的村庄，直到有一天，一颗巨大的流星落在了村子里。它从天上掉下来，轰隆隆地撞在地上，大家都被吓坏了。但是，等他们从惊吓中走出来时，便开始争论如何处置它。那颗陨石非常美丽，有着美丽的绿色，就像一颗宝石—— 一个宝藏。有人认为应该把它卖掉，为村子赚一笔钱。有人认为它是神圣的，想要把它放进教堂。有人认为它被诅咒了——"

我倒吸了一口凉气："麦金托什老先生就是这么说的！"

"我不太相信他的话，乌玛。但是，是的，有人认为它被诅咒了，会把村子毁掉。还有人想要把它据为己有。争论愈来愈激烈，直到最后爆发了暴力事件。朋友和邻居翻脸不认人，各个家庭分崩离析。最后的决定是，因为意见无法达成一致，所以宝藏会被埋藏在一个秘密的地方，谁也找不到它。随着时间的流逝，知道它在哪儿的人都死了，但其中有一个人留下了一条线索。"

"麦金托什老先生的线索！"我说。

"没错！"

"可他说它暗示着教堂尖塔，但他找了很多很多遍，什么都没有找到！"

"这就是他错误的地方。看！"爸爸示意那座迷你雕像所指的方向，正是那座尖塔。"挨着我蹲下来看。"

我照做，眯起眼朝雕像所指的方向看去。

"就是指着尖塔啊。"我说。

"啊！那是错的。雕像建起来的时候，尖塔并不在那儿！是**五十年后**才建的，那时，教堂被闪电击中了，原来那座尖塔——

比现在这座矮得多——被烧毁了。雕像不可能指着尖塔，因为那儿根本就没有尖塔！"

"所以，如果它指的不是尖塔，"说着，我蹲得更低一些，顺着雕像的手指向前看去，"是指着……贫民山上的方尖碑！"

"对！"爸爸喊道。

我兴奋地高呼："哇！我们快去告诉妈妈！"我一边说，一边跳。

爸爸的脸上再次布满了愁云。

乌玛

"乌玛，"他拍了拍身旁的地板，说道，"来这儿坐一会儿。"

我滑到他身边，他搂住了我："我知道你希望它是，可客厅里那个人并不是真的妈妈。"

"我知道。"我用极其细微的声音说道。

"它长得像她，声音也很像她。甚至感觉像她就在这儿。"爸爸摸了摸我的心口，"可你不能认为它**就是**她。不是的。它只是一个非常非常生动的模拟形象。妈妈已经走了，乌玛。无论我们多么希望，她都不可能回来了。她死后，我的心就离开了你，我很抱歉。我真的，真的非常抱歉。可我保证，从今往后，我都会一直在你身边。我们在一起一定会再次幸福起来的。"

之后又是泪水涟涟吗？你觉得呢？

***

那天晚上，我和爸爸促膝长谈——我只想听一听他的声音。我们什么都聊，但他并没有告诉我，他和那个全息投影的妈妈单独待在客厅里时，她究竟和他说了什么。

"那么说吧，她告诉我，我还肩负着某种责任。而那份责任已经空缺了很久了。"

最后，我得睡觉了。

我刚刚躺下，门铃响了，我听见斯特拉·道气急败坏的声音，

238

她想要进来。爸爸拒绝了她。斯特拉说，第二天一早她会和警察一起再来的，她会拿回她的正当财产的。

爸爸忍不住骂了一句——一句脏话——然后，我听见前门被重重地摔上了，一辆车离开了。

之后，爸爸来到我的房间，给我盖好被子，唱起了童谣，我一点儿也不介意。

16

"雅典娜,
还有比塞恩斯伯里超市的冷冻
食品区更冷的地方吗?"

第二天早上,我很早就被一阵微弱的轰隆声吵醒了。接着,我的床开始震动,感觉就像房子在颤抖。然后,同样突然地,震动停止了。

不一会儿,我听见有个声音在叫我。

"乌玛!快!到这儿来!"

虽然那声音听起来很惊慌,但听到爸爸讲话,我还是感到很兴奋。我连忙跑下楼，来到花园里。爸爸就站在那儿，身上还穿着睡衣。他面前的地上有一条巨大的裂缝。从这里延伸出了一个天坑。

"这是密涅瓦和那个女人干的，"爸爸一边说，一边冲回家穿上了衣服，"我得召集'拯救泰尔尼海滨社团'！你待在家里，什么也别做！"

当然，我不会听他的。无须雅典娜告诉我，我也知道"拯救泰尔尼海滨社团"能够拯救泰尔尼的概率是零。唯一的方法便是阻止斯特拉·道。唯一的方法便是摧毁她宝贵的博基矿。我不想让爸爸参与进来——我不能将他置于危险中，何况现在我才刚刚把他找回来。

我跑到艾伦·艾伦家（他的埃德爸爸给我开了门），我冲进艾伦·艾伦的房间，把他摇醒，然后把昨晚到现在发生的一切都告诉了他。很快我们便骑上了自行车，拼尽全力朝方尖碑蹬去，雅典娜则安全地塞在我的耳朵里。多莉·巴肯一边在我们身边奔跑，一边兴奋地嚎叫。

我们气喘吁吁地到了那儿，抬头仰望着那座宏伟的白色角形纪念碑——然后发现，不知道接下来该做什么了。

"你觉得它是不是被埋在下面？"艾伦·艾伦问。

我耸耸肩："难倒我了。雅典娜，你觉得呢？"

有可能。雅典娜通过扬声器说道，**但我看到了一个不寻常的东西。**

"什么？"我问，我感到越来越兴奋。

方尖碑底部有一个小小的黄铜镶板，没有实际用途。我建议过去仔细看一下。

我们马上就看到了那块镶板。而且，一旦你看到它，就会发现它确实有点不合适。

我们蹲下来仔细地观察它。上面什么也没有，这也很奇怪。

艾伦·艾伦耸耸肩，从口袋里摸出一把螺丝刀。

"你随身带把螺丝刀干什么？"我问，我认为这个问题非常合理。

"不做好准备，就要准备失败，乌玛。"

他把螺丝刀插进黄铜板后面，经过一番努力，强行把它撬下来了。

我期待着会露出一个装有博基矿的盒子。但是，没有，它看起来像是——

"另一条线索，乌玛！"艾伦·艾伦咧嘴笑道。

一定是这样，石头上刻了一些文字，已经风化了，难以辨认，那是一首诗。

我慢慢地把它读了出来，艾伦·艾伦把它飞快地写在了一张纸上。

从天而降的诅咒之石，
埋在何处，无人能知。
现在它被藏起来，不让人看见。
寻找的人，小心我的谎言！

三倍二倍的英里在增长，
到了魔鬼知道的地方。
天空在上，土壤在下，
抬头看看太阳，去向何方。

在你们第一次呼吸的地方，
寻觅皇室夫人之死。
上去，上去，登上阶梯，
你要找的东西不在那里。

沿着白骨森森的坟墓走去，

阴暗中躺着两颗头骨。

选择正确的那颗获得奖赏，

错了，你就必死无疑。

"这说的到底是什么鬼啊？"艾伦·艾伦问。

"不知道。"我说。

我真的不知道。就像是胡言乱语一般。怪不得几百年都没有人找到宝藏。

"呃，第一段的意思很明确，"艾伦·艾伦说，"只是在说那颗流星。可是'谎言'是怎么回事？"

"不知道，"我再次回答，"雅典娜，你有什么想法吗？"

也许这首诗是在说，不要相信它给出的线索？

"呃，那有什么用呢？"艾伦·艾伦说。

"不知道，"我又说道。我开始厌烦听见自己说这句话了。

我看着下一段诗文。

"'三倍二倍的英里在增长，到了魔鬼知道的地方。'呃。魔鬼知道的地方是哪儿？地狱？"

"也许吧……或者，也许这是个谎言？还记得麦金托什老先生怎么说的吗？只有恶棍和骗子能找到它。也许它说的全是谎言？"

"对了！"我高呼道，"你真是天才，艾伦·艾伦。所以，魔鬼不知道的地方是哪儿呢？"

"呃……南极洲？"艾伦·艾伦说。

"南极洲？ 为什么？"

"因为那儿很冷？并且……魔鬼不喜欢冷的地方？"艾伦·艾伦说，至少他的声音听起来是不确定的。

"我不认为这首诗会把我们指引到南极去，你觉得呢？"

"嗯，我也觉得。"

"不管怎样，我们知道，它是在村子里的某个地方。"

"噢！我知道了！是塞恩斯伯里超市！"

"什么？ 你怎么会觉得是塞恩斯伯里超市啊？"

"因为那里的冷冻食品区总是超级冷啊！"艾伦·艾伦说，这次听上去甚至连不确定的感觉都没有。

"艾伦·艾伦，"我缓缓说道，"你觉得几百年前村子里就有塞恩斯伯里超市了吗？"

"哦，可能没有吧。你很聪明，那你觉得魔鬼不知道什么地方呢？"

"教堂？"我回答。

"啊，对，"艾伦·艾伦说，"你真的非常聪明。"

"‘三倍二倍的英里在增长’，三加二等于无——我的意思是五——所以意思是，五英里处的一个教堂！"我开始兴奋起来，"雅典娜，距离这里五英里处有教堂吗？"

没有。最接近五英里的是"小特朗普顿的所有灵魂"（All Souls in Little Trumpington），有6.4英里远。

我感觉很泄气，才刚开始，我们就已经失败了。接着，一个念头震撼地浮现了，如同大象鼻子打在我脸上一样。

"等一下，"我说，"记得吗——一切都是谎言。所以，也许并不是三**加**二，而是三**减**二。雅典娜，距离这里一英里处有教堂吗？"

我已经知道答案了。

有。圣玛丽·阿苏普塔教堂（The Church of St Mary Assumpta）正好就在一英里的位置上。

"就是泰尔尼海滨教堂！"我叫道。

"我刚刚**也**想说那个教堂，"艾伦·艾伦说，"话已经到嘴边了。"

我有98%的把握，他在撒谎。雅典娜说。

"如果你不闭嘴的话，我有100%的把握，把你扔进池塘里去！"艾伦·艾伦叫道。

"别吵了，你们俩，"我说，"我们还要去寻宝呢！"

＊＊＊

我们来到那个教堂，然后把自行车藏在了灌木丛里。天空碧蓝如洗，除了鸟鸣，没有别的声音。感觉就像完美的一天，一切都会顺利进行似的。

这真是非常具有误导性。很多事情都会**非常**不顺利。

"好吧，"艾伦·艾伦说，"下一步怎么办？"

"呃，诗歌的下一句说，'天空在上，土壤在下，抬头看看太阳，去向何方。'如果一切都是颠倒的，也许我们得进入教堂内部，找到某个没有太阳的地方？"

艾伦·艾伦耸耸肩："听起来不错。"

但是，问题来了。在滴水兽们的斜眼俯视下，我们绕着教堂走了一圈，发现并没有入口。巨大的木质正门关着，插上了门闩。小侧门也上了挂锁。

"完了，我们完蛋了。"艾伦·艾伦说。这也太容易放弃了吧。

"别忘记我们还有特殊武器呢，还记得吗？雅典娜——我们应该怎么进入教堂？"

不知道。

247

"'不知道'，什么意思？"

我看了这个教堂现存的图纸，除了砸掉其中一个极其罕见的、无价的十六世纪彩色玻璃窗外，没有任何办法可以进去。我也不擅长探寻这些神秘的线索。对我来说，它们是没有意义的。

"好吧，就这样吧，那么——我们完蛋了。"我说。我也太容易放弃了吧。

"那可未必。"艾伦·艾伦说着便捡起一块大石头，朝窗户扔了过去。好在他的准头就像他和羊驼的关系一样糟糕，石头"砰"的一声从墙上掉了下来，没有造成任何伤害。

"**住手！**"我喊道，"我们不能砸玻璃。"

"为什么？你也听见雅典娜说的了，它们只是些又老又破的、无价的玻璃。"

"你知不知道，'无价'的意思是非常非常贵？"

"呃……知道！当然！我当然知道！"

他不知道。

"我知道！"

"还有，不管怎样，打破东西那是斯特拉·道的手法。**我们要用脑子。肯定**还有别的入口。"我说。我放弃了"太容易就放弃"这个想法。"我们再绕一圈看看。"

又绕了几圈之后，我又想放弃了。还是没找到入口。

这时，艾伦·艾伦看见了某个东西。

"那是什么？"他指着高高立于墙上的某个东西说道，"看起来像一个月亮。"

我眯起眼睛望去。他说得对。在两只面目可憎的滴水兽之间，有一个石头月亮，一个弯弯的月亮从墙上伸了出来。"'抬头看看太阳'反过来是什么？'月亮向下看'！"

我和艾伦·艾伦击了个掌。

快！雅典娜说。**艾伦·艾伦，你快站在乌玛的肩膀上爬上去！**

"什么？为什么？"

"因为那个月亮一定就是入口！"我说，"你得拉动它，或者推动它，或者别的什么。"

"不要。我的意思是，为什么是我？我为什么一定要站在你肩膀上爬上去？就没有别的方法了吗？"

*我还以为你经常为自己的勇敢感到自豪呢，艾伦·艾伦，*雅典娜俏皮地说。

艾伦·艾伦瞪了我一眼："好吧！我爬！"

我靠墙站稳。艾伦·艾伦咕哝着，一边做无谓的挣扎，一边抱怨着向上爬，直到他摇摇晃晃地站在我的肩上。

"继续！"我喊道，"快拉动它！"

"我够不到！"

"使劲儿够一够！"

"可我恐高！"他哀号道，他的腿在颤抖。

*这真是太有趣了。*雅典娜说。

"*雅典娜，现在不是说这个的时候！使劲儿啊，艾伦·艾伦！*你可以的！"我喊道。

一直躺在紫杉阴影里的多莉·巴肯兴奋地吠叫起来。很明显，她认为有趣的事情发生了。

我能感觉到他在使劲儿。

"我……抓到了！"

艾伦·艾伦把石头月亮往外拉，随着一阵咔嗒声和齿轮转动声，墙开始朝我打开了。我向后摔倒了，艾伦·艾伦的迷彩上衣被挂在了月亮上，他整个人吊在半空中，玩命地鬼叫。

*太棒了！*雅典娜说，*现在，我终于理解什么是幽默了。*

艾伦·艾伦的衣服"唰"的一声被扯破了，他一屁股摔落在地。

他爬起来，拍了拍身上的灰尘，然后我们同时瞪大了眼。在我们面前的是一扇敞开的门，一分钟之前，这里还什么也没有。

我们相视一笑，走进了一条遍布尘埃的漆黑石廊，不长的石廊尽头是一座旋转楼梯。我们没有说话，顺着楼梯向下走，多莉轻轻地跟在我们身后。楼梯底部是一道木门，门上有一个圆形铁把手。我打开了它，然后，我们来到了一个昏暗的房间，里面全是——

"这些是……坟墓吗？"艾伦·艾伦摇摇晃晃着身子说，"我们身边全是死人吗？"

我们身边确实都是死人。

"嗯，"我点点头，说道，"'在你们第一次呼吸的地方'。我们在教堂的地室里——在**最后**一次呼吸之后，人们就会被放进这里！"

"了不起，"艾伦·艾伦口是心非地说，"那现在我们怎么办？也许进行战术撤退是个明智的选择，"他紧张地环顾着四周说道，"你知道的——那也是一种顽抗到底。就像'敦刻尔克'那样。"

这个地室仿佛已经几百年都没人来过了。这里的空气十分陈腐，而且是静止的。墙边排列着许多华丽的坟墓，有些上面还有一些雕像和半身塑像。

我选择忽略艾伦·艾伦撤退的提议。

"呃，下一句线索说，'寻觅皇室夫人之死'，那么，我们得反着来，不管它的意思是什么，或者意思不是什么。"

我开始观察那些坟墓。我们好像置身于为某个十分奢华的家族建造的地室里——不是贵族，就是贵妇人，要不就是男爵之类的。很快，我们就找到了要找的东西。

"在这儿！看这座！"艾伦·艾伦说，"这儿有一个不属于皇室的人！"

我来到艾伦·艾伦说的那座坟墓前。它比其他坟墓都朴素，只有一个大石冢，石冢的一面刻着一幅图，是很多骑士在与龙和怪物搏斗，另一面刻着碑文。碑文的内容是：

约瑟夫·卡门
生于 1698 年
于 1717 年被天使从地面上拉下来

"哇，"我说，"他十九岁就死了。"我看着坟墓，"嗯，'卡门'[1]就是'皇家'的反义词，他是个男人，不是一位女士，

---

1 "卡门"（common）意为"普通"。——译者注

所以，这一定就是我们要找的了。"

"然后呢？"艾伦·艾伦说。

"然后我们要打开它。"我说。

"你要打开一座里面真的有死人的坟墓？"

"嗯。"

"好吧。"艾伦·艾伦说，但我能看出，他一点也不"好吧"。

"来吧，"我说，"给我搭把手。"

我俩一起试着抬起那座坟墓的盖子，我们使出了九牛二虎之力，但却徒劳无用——盖子纹丝不动。我们气喘吁吁地瘫倒在地。

我反复观察那幅雕画。画得很丑——许多动物被矛刺中了，骑士们的脑袋则被怪物咬了下来。正上方便是答案：天空中飘浮着一张令人毛骨悚然的脸，他斜眼俯视着身下的怪物，就像在操控它们一样。

"艾伦·艾伦——快来看这个。"

艾伦·艾伦连忙跑过来。

"是……魔鬼！"艾伦·艾伦一笑，他的假眉毛便扬了起来。

"没错！碑文说，'被天使从地面上拉下来'。反之，我们是不是应该试着推一下魔鬼？"

"雅典娜，还有比塞恩斯伯里超市的冷冻食品区更冷的地方吗？"

艾伦·艾伦点点头，然后我轻轻地推了推那个魔鬼的雕画。太好了，它动了，就像按钮一样。石冢内部传出一阵碾磨声和转动声，然后，盖子缓缓地抬起来了。

我俩屏住呼吸，朝里面望去。里面没有骨架，而是一段向下延伸的楼梯。

"'上去，上去，登上阶梯，你要找的东西不在那里'，"我说，"嗯，我知道我们应该去哪儿了。"

"要**下去**吗？"

我点点头。

"你想爬**进坟墓里去**？"

我再次点点头。

艾伦·艾伦，如果你害怕的话，你可以在这儿等我们。雅典娜故作天真地说。

"**我才不害怕呢！**"

不用雅典娜说，我就知道他一定有98%的可能性在撒谎。我也很害怕，但到了这个地步，现在我已不能回头了。

"听着，"我轻轻说道，"你不用下来。你真的可以在这里等，如果你愿意的话。你知道的，在这儿站岗。"

"这有什么好站岗的！"艾伦·艾伦厉声说道。

"好吧，我先下！"艾伦·艾伦吼道，然后他把我推开，爬了下去。

　　大约走了三步，他便停了下来。

　　"呃……太黑了，"他说，"好像，伸手不见五指。我不想摔下去，死在别人的坟墓里。"

　　我跟着他走了下去，雅典娜打开了一个小灯，就像手机上面的手电一样，照亮了前方，好似一个永无止境的楼梯间。

　　只有一条去路，于是我们向下走进了深深的地下。潮湿的空气中有一股霉味，凝聚着死亡一般的寂静。

　　多莉在我身边紧张地哀嚎，我挠了挠它的脑袋，试图缓解我们的紧张情绪。终于，我们来到了楼梯底部。

　　现在的我们身处一条长长的、低矮的走廊内。墙面和天花板都是泥土做的，上面点缀着白色的石头。要不是多莉开始对它们又舔又咬，我绝看不出它们其实不是石头。

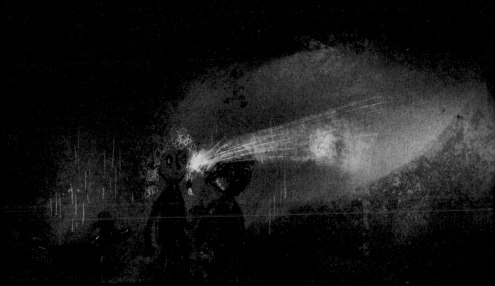

它们是骨头。墙是骨头做的。

"啊，多莉！"我拽着它的领结把它拉回来，"别舔了！"

"我们……真的……被……死人包围了！"艾伦·艾伦结结巴巴地说，"快点找到那该死的博基矿，然后离开这儿吧！"

我同意艾伦·艾伦的看法。尽快离开这儿是个好主意。

我们沿着这条阴森的走廊匆匆往前走，最后来到了一堵墙前面。一堵由骨头做成的墙。墙的中间有两颗头骨在注视着我们。

"'沿着白骨森森的坟墓走去，阴暗中躺着两颗头骨。选择正确的那颗获得奖赏。"

错了，你就必死无疑。’”我说。

"现在怎么办？"艾伦·艾伦说。

"选一个。"我说。

"呃，哪一个？对我来说，它们看起来一模一样。"

他说得对。线索并没有告诉我们哪一个头骨是正确的。

"嗯。要是错了我们都会死。"我说。

"我不想死！"艾伦·艾伦哀号道，"我还小呢！"

确实，这么小就英年早逝，真是全世界的悲剧啊。雅典娜说。

"喂，你赶紧给我闭嘴！"艾伦·艾伦抱怨道，"这些线索你一丁点儿忙都没帮上。"

"是啊，别说了，雅典娜。对于它的含义，你难道真的没有任何想法吗？"

恐怕真没有。我说了，我的程序和那些神秘线索相冲突。雅典娜说，**乌玛，这个答案必须靠你自己找到。**

我注视着那两颗头骨。它们也用黑漆漆、空洞的眼睛注视着我，而且还咧嘴笑着。两个头骨一模一样，一半一半。

我的心狂跳着。

我伸出手，轻轻地摸了摸其中一颗，然后又摸了摸另一颗。我指尖下的骨头竟然如此温暖。我闭上眼，做出了决定。

我伸出手，按——

"**住手！**"艾伦·艾伦喊道，"那个是错的！"

"什么？你怎么知道的？"我困惑地问。

"你听那条线索！"艾伦·艾伦激动地说，"'正确的那颗提供了巨大的回报，错了，就必死无疑'，'正确'的意思并不是'正确'，而是'右边'[1]！但是，因为这个谜语里的一切都是谎言，所以就意味着，左边那个提供了巨大的回报，而右边那个会带来死亡！相信我，乌玛。我太了解谎言了，因为我很会撒——不是，我的意思是，我很了解谎言。"

我慢慢地抬起放在右边头骨上的手。

艾伦·艾伦一定是对的。

我把手放在另一个头骨上，深深吸了一口气，按了下去。

那儿发出了一声轻轻的转动声。我"嗖"的一下把手缩回来，那个头骨的嘴巴"吱吱嘎嘎"地打开了，就像蛇的下颌骨一样夸张地张着。里面传出一阵"咯咯咯"的声音。然后，从应该是鼻子的那个洞里，颤颤巍巍地冒出来了一个闪闪发光的绿色石头，大小如同一颗李子，在它掉在地上之前，我抓住了它。

它就是泰尔尼宝藏，博基矿。我们得到它了——全都归功于艾伦·艾伦·卡林顿。

---

1 英文中，"正确（right）"的另一个意思是"右边"。——译者注

"你真是个智多星，"我用汗湿的手紧握着那颗宝石说道。

"嗨，不是我吹，"艾伦·艾伦说，"我真——"

多莉发出一声紧张的吠叫，打断了他。它注视着我们刚刚走过的骨头走廊深处。

慢慢地，从黑暗中走出来一个人。那人正是斯特拉·道。

而且，她正用她的手枪指着我。

"啊，太谢谢你们了！"她笑道，"我就知道，你们会带我来到博基矿这儿的！马上把它交出来——乖宝贝。"

她朝前走过来，伸出了手。多莉朝她发出警告的吼叫，但她理都没理。

我把宝石扔进了她手里，感觉好难受。

"还有雅典娜，请给我。"斯特拉再次伸出手来。

"雅典娜，你为什么不告诉我们她来了？"我伸手取下她时，艾伦·艾伦不耐烦地说，"你一定早就知道她在跟踪我们！"

我愣住了，手停在耳边，我在等待雅典娜回答，可她却没有说话。

"雅典娜，"我很担心那个答案，"你**知道**我们被跟踪了吗？"

知道。雅典娜平静地回答。

仅仅这一个词就足以表明我们被背叛了。

"**我就知道！**"艾伦·艾伦喊道。可那不是得意的声音，而是失望。

"可是为什么啊？"我的心在破碎，"你为什么什么也不说？你怎么能那样对待我们？"

对不起。雅典娜说，**我很抱歉**。

最后一个问题

我把雅典娜从耳朵里取出来，背叛让我痛不欲生。我把她扔在地上。打着手电的斯特拉·道弯下腰，把她捡起来，紧紧地握在了手里。

"非常感谢。现在我真的得走了，"她得意扬扬地冲我们笑着说，"不过恐怕，你们得……等一等了。"

我和艾伦·艾伦恐惧地对视了一眼。斯特拉·道要把我们和这些死人一起关在这漆黑的地下了。

"如果你们运气很好，而且没有做任何傻事的话，我也许会记得去报警，告诉他们你们想方设法把自己关在了这下面……

一两天之后吧。"

　　说完，她便迈开步子走上了旋转楼梯。片刻之后，石冢盖子"吱嘎咔嗒"地慢慢关上了，我们完全陷入了黑暗之中，只剩下自己的心跳声和多莉紧张的哀嚎声。

　　我瘫倒在地，痛苦让我麻木。

　　我们被困在坟墓里了，可能会死在这儿。

　　爸爸绝不会知道我们在哪儿的。

　　斯特拉·道会成为世界霸主。

　　还有，雅典娜背叛了我们。

　　在某种程度上，这是最令我痛心的一点。她为什么会帮助一个要销毁她的女人？这完全讲不通啊。算了，现在想这些已经没有意义了。至少，黑暗掩盖了我脸上喷涌而下的泪水。

　　"对不起,艾伦·艾伦,"我终于哽咽着说了出来，"我害了你。你不该落得这样的下场。"

　　"哦，没事的，乌玛，"他说，"现在，我们是不是应该在斯特拉逃走之前

离开这儿了？"

可怜的艾伦·艾伦。很明显，在这可怕的情形下，他已经失去理智了。

"乌玛，我们走吧？"他重复道。

"艾伦·艾伦，"我尽可能轻柔地说道，"斯特拉·道把石冢关上了，你还记得吗？我们被困在这里了。"

"哦，是的，但我们可以拉一下出去的操纵杆啊。"

"你说什么啊？"

"我们从楼梯那儿下来时，你没注意到吗？"艾伦·艾伦问，"就在那顶上有一根巨大的杠杆，一定是用来从里面打开它的。"

"你确定？"

"试试就知道了。"

艾伦·艾伦摸着爬上了楼梯，我和多莉跟在后面。我听见他拉动了某种东西，然后传来了熟悉的"吱嘎咔嗒"声，与此同时，一丝亮光出现了，新鲜空气灌了进来。然后，盖子打开了，我们迅速跳出了那座石冢。

斯特拉·道还没走出地室呢。她站在门口，转身面朝我们。雅典娜在她耳朵里，她一只手拿着博基矿，一只手握着手枪。

"你们是怎，怎么……？"她结结巴巴地说，然后又摇了摇头，"反正也没关系了！"

她用枪指着我们。多莉咄咄逼人地朝她吼叫着。

"散开！"我喊道。我和艾伦·艾伦各自躲到了坟墓后面。

"你们还想来把雅典娜抢回去吗？"斯特拉·道哈哈笑道，"话说，你们喜欢她最新的更新吗？我早就准备好她的更新包了，没想到你送上门来，把她插进了我的电脑里。从那时起，她就只能照我的命令行事了。你们在哪儿，你们说的每一句话，我都一清二楚——而且，我禁止了她向你们告密。没办法，我真是太聪明了。"

喜悦涌上我的心头。雅典娜并没有背叛我们——她是被迫帮助敌人的。现在，我们得帮助她。

斯特拉·道趾高气昂地走上前来，我和艾伦·艾伦一边闪避，一边躲在各个坟墓之后，多莉则兴奋地吠叫着，以为这又是一个新的游戏。

"别白费工夫了！"斯特拉再次哈哈笑道，"你们躲得了一时，躲不了一世。"

她说得对。我们躲不了一世，并且，我不知道接下来该怎么做了。

直到我想到了一个主意。

我一边继续躲在坟墓后，一边围着斯特拉·道绕圈，直到她来到了我想要的那个位置上——她的背后就是那个通往尸骨

走廊的石冢。

她在那儿停顿了片刻，我把握住了这个机会。

"多莉！"我一边喊，一边高高跳起，指着斯特拉，"**去和她说'你好'！**"

多莉是个乖狗狗。它立即一纵跳向地室对面，朝斯特拉·道身上扑去，把她撞飞了出去。她狠狠地向后摔进了那个石冢里，雅典娜从她耳朵里飞了出来，博基矿也从她手里飞了出来。

斯特拉·道在我们眼中最后的样子，是她一边骂骂咧咧，一边从楼梯上滚下去，高跟鞋底朝上。

我跑到那个石冢的机关旁，按了下去，盖子慢慢地关上了，斯特拉被困在了片刻之前囚禁我们的地方。

但是，要不了多久，她就会发现我们是怎么出来的。我们得赶快离开这儿。

艾伦·艾伦捡起博基矿，我捡起雅典娜。我们跑出了地室，来到了户外。我们跳上自行车，开始狂蹬，多莉·巴肯在我们身旁边叫边跑。

大约骑出半英里后，我们停下车子，藏进了树丛中。逃跑是没有用的——斯特拉可以追踪雅典娜。我知道我们必须做点什么。我们必须想办法销毁博基矿，才能阻止它再次落入斯特拉·道之手。

为此我们需要帮助。

我把雅典娜放进耳朵。

"雅典娜，你好！"

你好，乌玛。她通过扬声器说道。你好，艾伦·艾伦。真的很抱歉。我无法控制，我——

"雅典娜，没关系！我们完全理解！听着——我们没时间了！销毁博基矿最快的方法是什么？"

为数不多的销毁博基矿的其中一种方法是，让它被羊驼的胃酸分解。

"不要啊！"艾伦·艾伦哭号道，"又是羊驼！"

我笑了："走吧！骑车去。"

我们以最快速度穿过村子，风"呼呼"地扬起我们的头发。这一次，多莉破例没有吠叫，只是像一支黑箭一样，在我们身旁奔跑着。

虽然我们已经接近胜利，但我的心里一直忐忑不安，不知为什么。

最后，我们抵达了麦金托什老先生的农场。我们抓起"羊驼和牦牛零食大包"，冲进羊驼圈。羊驼们小跑过来，眼睛里写满了好奇和贪婪。

我们越过栅栏开始喂它们，它们一边抽鼻子，一边舔我们的手指。很快它们就吃完了好几把食物。我看见了被斯特拉·道

的车子撞过的那只金发羊驼，我知道，完成这个使命的就是它了。

我小心翼翼地把博基矿藏在一大把食物中间，然后伸出了手。在狼吞虎咽地吃了几口之后，那块博基矿消失了。那只羊驼把它整个吃下去了。

它打了个嗝，然后瞪着我。

我们做到了。那块博基矿消失了。

雅典娜的全息投影在我身旁闪烁了起来。

乌玛。

"嗯，雅典娜？"

你知道接下来你必须做什么了。 雅典娜慢慢地眨了眨眼睛，说道。

"我不知道。"可我其实知道。

你知道。

"我不能那样做！"

"不能做什么？"艾伦·艾伦问，"发生什么事了？"

乌玛，如果你不那样做的话，斯特拉·道永远都不会放过你。她会永远追捕你。我身体里有地球上已知的最后一块博基矿——绝对不能让她得到它。你得把我销毁。

"不！"艾伦·艾伦恐惧地倒吸了一口气，"肯定还有别的办法！"

但真的没有别的办法了。我们发现斯特拉·道计划利用雅典娜成为世界霸主时，我已隐隐约约知道，雅典娜的力量太强大了，她永远不可能获得真正的安全。

"她说得没错，"我说，我的喉咙因悲伤而疼痛，"我们必须那样做。"

然而，出乎我意料的是，我看见艾伦·艾伦的眼睛里浸满了泪水。

"不，"他用微乎其微的声音说道，"这不公平。"

我不敢说话，因为我不相信我还能发出声音。

艾伦·艾伦？

"嗯?"他沙哑地回答。

我错看你了。你很聪明。只有你能解开那些谜语。

艾伦·艾伦笑了两声,然后又哽咽住了。

快,乌玛。是时候了。你得把我打开,把博基矿电路板拿出来,喂给羊驼。

我点点头,泪水变成了抽泣。

但在我离开前,雅典娜说,你可以问我最后三个问题。

"好。"我低声说,试图擦干自己的眼睛。

第一个问题是什么?

我想了想。

"雅典娜,在我爸爸的人生中重新注入幸福的最佳方法是什么?"

乌玛,是时候把他的吉他箱子拿出来了。它就在地下室一个无人触碰的角落里。把它放在客厅里就好了。他已经准备好了。

我笑了。完美。

还有两个问题。雅典娜的两个回答……

我必须谨慎考虑。我想啊想，可怎么也决定不了，直到最后它自己出现了。

"雅典娜，我的最后一个问题应该是什么？"

这时，我听见一个最特别的声音。这个声音我永远也不会忘记——是一个清澈的、丁零零的声音，一个照亮了我内心的声音。

雅典娜在笑。

真是个聪明的问题，乌玛。这个问题的答案是，你的最后一个问题应该是："我们还会再见面吗？"

我的心怦怦地跳着。

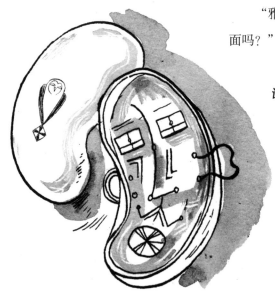

"雅典娜——我们还会再见面吗？"

也许会的，乌玛。也许吧。

我还没来得及问是什么意思，雅典娜忽然转过头去。

快。斯特拉来了。是时候了。

她说得对——我能听见远处有车来了。

活着的感觉真好。很高兴我的生命中有你相伴。我不害怕。我以为我会害怕，但我并没有。再见，亲爱的乌玛。

"再见，雅典娜。"我说。

我用指甲飞快地抠开了雅典娜的盖子，在一些电线中间，有一个用亮绿色博基矿做成的迷你电路板。我把它撬了下来，小心翼翼地放进一把食物里。我抬起手，伸向那只金发羊驼，然后瞬间，雅典娜便消失了。

我和艾伦·艾伦坐在草地上，哇哇大哭。多莉蹭着我们，好奇的羊驼们把头伸过栅栏，把脸靠在我们头顶上。

片刻之后，斯特拉·道的车尖叫着朝我们冲过来。她跌跌撞撞地爬下了车。

"把它给我！" 她尖叫道，**"把博基矿给我！"**

"已经消失了。"我平静地说。

"雅典娜也消失了。"艾伦·艾伦抽泣着说。

那只金发羊驼打了一个大嗝。

"你们以为这次我还会相信吗？"斯特拉·道说着，看看我和艾伦·艾伦，看看羊驼，然后又看看我们。

也许是因为我们的声音里有某种东西。也许是因为我们没有再进行任何抗争。也许是因为我们布满泪痕的脸庞。斯特拉·道

乌玛

看出我们说的是实话。恐慌爬上了她的脸庞。

"雅典娜告诉我们，这是销毁她的唯一方法。"我坦白说道。

"不！"斯特拉·道哭号道，"不不不！你们两个愚蠢的……愚蠢的小孩！你们根本不知道自己做了什么！"

"我们非常清楚自己做了什么，"艾伦·艾伦说，"我们把博基矿给羊驼吃了。"

这句话在一周前对我来说毫无意义。但可悲的是，现在这一切都成为现实。虽然我们赢了，但我的心也碎了。

斯特拉·道这时才知道，在那一刻，她所有的梦想都被一只废话连篇的羊驼消化了。她号啕大哭，躺在地上，滚来滚去，一边哭一边叫。我差点儿，**差点儿**就为她感到难过了。

　　我和艾伦·艾伦爬起来，推着自行车回家了，剩下斯特拉·道一个人在羊驼圈里自言自语。

　　这时，太阳已经快落山了，在我们前方投射下长长的影子。我的心因失去了雅典娜而痛苦，现在我好想念她。

　　可那两个字一直回荡在我脑海里。

　　也许。

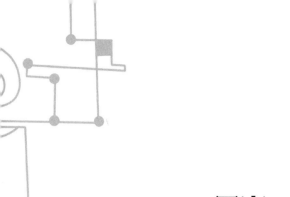

尾声

　　我们销毁博基矿和雅典娜的第二天,密涅瓦工业突然离开了泰尔尼海滨,只留下一个简短的告示,说他们最后决定不建停车场了。

　　那天晚上,村里所有人都兴奋地狂欢起来,纷纷燃放烟花,在街头翩翩起舞。"拯救泰尔尼海滨社团"临时在我们家庆祝,大家都喝得酩酊大醉,客厅里看起来就像是麦金托什老先生的面包车车厢,只不过,在那儿唱歌呕吐的不是羊驼,而是一群退休老人。[1]

　　我和艾伦·艾伦在村里散步,沉浸在欢乐的节日气氛中。除了爸爸,没有人有一丝丝觉察,我们两个居然和村子获救有关。

　　但我们并不介意错过成为英雄的荣耀。当我们告诉斯特拉·道,我们对她宝贵的博基矿做了什么时,她脸上的表情就

---

1 退休老人们在唱歌,但是没有呕吐。

乌玛

是我们得到的回报了。

***

在暑假的最后一天，我开始写这本书。相比而言，暑假里剩余的日子真是无聊透了。从那以后，莱克西和她的手下便对我敬而远之。她们不仅在担心头发长出来会一块一块的很奇怪，而且她们还以为雅典娜仍在我这儿，所以很担心接下来我会怎么收拾她们。

所以，对于开学我并不紧张，但艾伦·艾伦不在那儿，我很伤心。他去上寄宿学校的前一天，村里正好举办游园会，于是我们花了一整个下午，一起在所有的摊位前溜达。

"别担心，乌玛，"艾伦·艾伦说着，递给我一个棉花糖，"至少我们不用从村里搬走了！等到万圣节放期中假时，我就回来了。"

"我知道。"我挤出一个微笑。可现在还是温暖的夏天呢，万圣节仿佛还有一辈子那么远。

当然，我之所以感到悲惨，并不仅仅是因为艾伦·艾伦要离开我。我的生活中发生了好多变化。我真的找回了爸爸。但我心里还空着一块，那儿原来是属于雅典娜的位置。

而我还在为妈妈而心痛，永远都会。

　　我把头靠在艾伦·艾伦的肩膀上，抬头仰望天空，多莉坐在我脚边，我帮它挠着痒痒。在村子上空，一个热气球安静地飘浮在远处。出门前，我留下了一个惊喜——我把爸爸的吉他拭去灰尘，擦亮了，调紧了琴弦，放在客厅的沙发上，就在我的长笛旁边。

　　就在那时，爸爸出现了。

　　"该回家了，乌玛，"他说，"和艾伦·艾伦说再见吧。"

　　"拜拜，"说着，我站起来，"期中假期见。"

　　艾伦·艾伦跳起来，拥抱了我。然后，当然，他敬了个礼。

　　"回头见，乌玛！"

* * *

　　我和爸爸手牵着手走路回家，夜晚的空气中渗入了一丝丝凉意。当我们踏进家门后，我拉着爸爸走进了客厅。

　　他一看见吉他，便坐了下来，笑着开始轻轻抚弄琴弦。我拾起笛子，放到嘴边，闭上眼，开始和他一起演奏起来。

　　在很久很久之后，终于，我们又再次合奏了，家里再也不会一片寂静了。

　　爸爸张开嘴唱了起来，感觉就像我们拥有了一个明媚的未来。

　　也许。

　　有时候，"也许"这样的答案就已足够。

剧终

羊驼档案

羊驼是一种奇妙而迷人的动物，这个清单会告诉你为什么！
其中，有三个叙述是错误的，你能指出来吗？

1 羊驼是骆驼家族中的一员，尽管它们并没有驼峰！事实上，它们是骆驼家族里体形最小的成员。

2 世界上没有野生羊驼！全都是人工饲养的。

3 羊驼是优秀的国际象棋选手，有一只羊驼甚至成为1974年东欧国际象棋冠军。

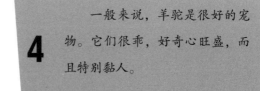

4 一般来说，羊驼是很好的宠物。它们很乖，好奇心旺盛，而且特别黏人。

5 羊驼是群居动物，它们喜欢和山羊、绵羊待在一起。

6 根据民意调查，只有5%的羊驼说它们喜欢玩《堡垒之夜》。大多数羊驼更喜欢玩《我的世界》。

7 羊驼生气时喜欢吐口水。但它很少对人那么做——你得真的惹到它了，它才会这么做。

8 羊驼会发出各种各样奇怪的声音，而且它们总是在哼歌！

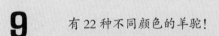

9 有22种不同颜色的羊驼！

10 羊驼是世界上跑得最快的动物，时速将近120英里（只不过在进行这项测试时，它正以这个速度从飞机上掉下来）。

错误的描述是：

3. 羊驼确实是优秀的国际象棋选手，但它们赢得的是1975年的东欧国际象棋冠军，而不是1974年的。

6. 事实上，没有一只羊驼喜欢玩《堡垒之夜》。它们不喜欢所有的射击和暴力游戏。

10. 速度最快的动物其实是大象，它们掉出飞机的速度纪录保持在140英里每小时以上。